少年陰陽師

しょうねん おんみょうじ

少年陰陽師 叄拾壹

神威之舞

御厳の調べに舞い踊れ

結城光流—著　涂愫芸—譯

重要人物介紹

藤原彰子

左大臣藤原道長家的大千金，擁有強大靈力。基於某些因素，半永久性地寄住在安倍家。

小怪

昌浩的最好搭檔，長相可愛，嘴巴卻很毒，態度也很高傲，面臨危機時便會展露出神將本色。

安倍昌浩

十四歲的菜鳥陰陽師，父親是安倍吉昌，母親是露樹，最討厭的話是「那個晴明的孫子」。

六合

十二神將之一的木將，個性沉默寡言。

紅蓮

十二神將的火將騰蛇，化身成小怪跟著昌浩。

爺爺(安倍晴明)

大陰陽師。會用離魂術回到二十多歲的模樣。

朱雀
十二神將之一的火將，使的是柔和的火焰。與天一是戀人。

天一
十二神將之一的土將，是絕世美女，朱雀暱稱她「天貴」。

勾陣
十二神將之一的土將，通天力量僅次於紅蓮，也是個兇將。

太陰
十二神將之一的風將，擅使龍捲風，個性和嘴巴都很好強。

玄武
十二神將之一的水將，個性沉著、冷靜，聲音高亢，外型像小孩子。

青龍
十二神將之一的木將，從很久以前就敵視紅蓮。他有另一個名字「宵藍」。

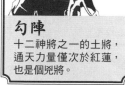

天后

十二神將之一的水將，個性溫柔，但有潔癖，厭惡不正當的行為。

白虎

十二神將之一的風將，外表精悍。很會教訓人，太陰最怕他。

風音

道反大神的愛女。以前她曾想殺了晴明，現在則竭盡全力幫助昌浩。

益荒

隨侍在齋身旁的神秘年輕人。

齋

一心等待著公主到來的物忌童女。

安倍昌親

昌浩的二哥，是陰陽寮的天文生。

目錄

龍笛伴舞

昌浩好久沒帶著書去找祖父了，昨天去的時候，不知道為什麼大受歡迎。

「我就是有那種感覺……」昌浩眉頭深鎖，滿滿的不高興都寫在臉上。

「是嗎？我覺得他跟平常一樣，很悠然自在啊！」

「不，他那樣笑絕對有問題，我很確定，他笑得很用力。」

昌浩握緊雙拳，展現毫無意義的氣魄，說得斬釘截鐵。

小怪不知道說了幾次是他想太多了，他還是不相信。

「我說小怪，他是那種爺爺耶！他是那種會跟我說『我大多在家，你有不懂的地方，隨時可以來問我哦』的爺爺耶！」

「一般爺爺都會這麼說吧？你就虛心向他討教啊！」

「我才不是去向他討教呢！」昌浩立刻反駁。

小怪跳上昌浩的肩膀，瞇起一隻眼睛，不客氣地說：「那你去幹什麼？」

「我是看書的時候，剛好看到覺得奇怪的地方，又剛好看到爺爺的房間還亮著燈，他好像很閒的樣子，反正我剛好經過，就把我剛好帶著的書拿給他看，只是這樣。」

一般來說，這種行動應該解釋為「確認爺爺還沒睡，就去房間找他，請教書中不明白的地方」吧？可是小怪知道，就算戳破他這一點，他也會頑固地堅持己見。

「唉，在記恨這方面，他還真像晴明。」小怪搖頭嘆氣。

昌浩十三歲，姓安倍，是陰陽寮的直丁，也就是最底層的打雜工。但是，將來可能會、應該會、也許一定會成為一流的陰陽師，目前正全心修行中。

雖然還在修行中，但已經具有相當實力，所以偶爾也會跟世間所謂的「陰陽師」一樣，做做驅邪除魔之類的事。

小怪斜眼偷瞄昌浩。他正直直看著前方，邊快步迎風前進，邊煩躁地用袖子擦著額頭上的汗珠，眼中還有殘餘的憤怒。

小怪又發出比剛才更輕聲的嘆息。

那件事發生還不到一個禮拜，所以小怪也能了解他的心情。

昌浩很生氣。與異邦妖魔對峙的時候，爺爺直到他們陷入絕境時才出手相助，他還在為這件事生氣。

小怪用前腳咔哩咔哩地抓著頭。

昌浩氣的不是他走投無路時爺爺不幫他，而是氣爺爺在小怪的原貌「神將騰蛇」——也就是紅蓮——被攻擊得遍體鱗傷時才出手相助的態度。

通常應該是氣前者而不是後者吧？小怪覺得人類小孩的心理有自己難以理解的部分。

它甩甩長長的尾巴，動動耳朵。

這隻怪物的大小跟大貓或小狗差不多，全身覆蓋著純白色的毛，四肢前端有五根爪子。脖子圍繞著一圈勾玉般的突起，有一雙紅色的大眼睛，紅得像夕陽一樣。

小怪眨眨圓圓的大眼睛，結束話題，打開另一個話匣子。

「對了，你說的那家人發生了什麼事？」

昌浩眨眨眼睛看著小怪，微微歪著頭說：「我哥也不太清楚，好像是屋頂上有聲音。」

「聲音？」

小怪坐在闊步前進的昌浩肩上，露出狐疑的表情。

「沒錯，就是聲音。從黃昏到晚上，都會從柏樹皮鋪成的屋頂傳來咚咚咚的聲音。」

白色的長耳朵直豎起來。「通常會為了有聲音而找你來嗎？」

居然為了這種小事，把安倍家的陰陽師找來。

安倍家族是晴明等實力超強的陰陽師聚集的家族，連還是半吊子的昌浩，也是直接拜曠世大陰陽師為師，從小接受種種訓練，擁有的知識說不定還遠遠勝過一般術士。

小怪不能接受，昌浩心虛地看著它說：

「呃，可是對方真的很困擾，幫助困擾的人也是陰陽師的工作嘛！」

「是這樣沒錯，可是，只是聲音、聲音耶！」

小怪就是沒辦法贊同，半瞇起夕陽色的眼睛，緊緊皺著眉。

昌浩只能苦笑。

昨天傍晚，年紀相差一輪多的哥哥成親來找工作中的昌浩。

昌浩的工作正好告一段落，徵求上司同意後，就跟成親到外廊談話。才剛進入陰曆七月，天氣還熱得會讓人冒汗。

成親吹著溫濕的風，歇口氣，對矮自己一個頭的昌浩說：

「我有個笛師①朋友，叫紀芳彬，你記得嗎？」

那個笛師比成親小兩歲，跟二哥昌親同年，昌浩見過他幾次，所以點頭表示記得。他可以馬上想起芳彬的長相。

紀芳彬生於文官之家，有天生的音樂才華，在雅樂寮工作。任何樂器都難不倒他，其中最厲害的是龍笛②，所以出任笛師。

「芳彬遇到了靈異事件，非常煩惱，苦苦哀求我幫他。」

前幾天，成親從皇宮回到家，正在休息時，滿臉憔悴的芳彬來找他。順帶一提，成親已經結婚了，住在妻子的娘家。

芳彬憔悴得都快不成人形了。看到好友變成這樣，成親嚇了一大跳。芳彬無助地向他傾訴：「成親，拜託你救救我。這樣下去，我們全家人都會被嚇得魂飛魄散。」

每天都發生靈異現象，全家人都很害怕。

聽說芳彬去工作時，就不會發生那種靈異現象。這並不奇怪，因為與怨靈或妖怪相關的靈異現象，基本上都發生在黃昏到黎明之間的夜晚。

芳彬還沒結婚，家裡除了雙親和弟弟、妹妹外，還有幾個雜役。所有人都嚇得縮成一團，這樣下去的確是身心的煎熬。

成親也很想答應朋友的請託，無奈身為曆博士的他，每天的工作都很忙。等到他有空時，芳彬一家人可能已經嚇死了。

所以成親從所有認識的人當中，選中了最能靈活運用時間，又擅長驅邪除魔的小弟來幫忙。

紀芳彬的家在右京的二条西側。沒有藤原行成家那麼大，只是一般貴族的住宅。插個話，昌浩居住的安倍家，以一家之主晴明的身分來說，占地非常大，建築面積也不小。

昌浩在環繞紀家的圍牆外停下腳步，從外面觀察有沒有飄出異樣的氣息。

力量強大的妖魔會鎖定範圍，不讓自己的妖氣溢出範圍之外。這樣的妖魔對天敵「術士」的存在十分敏感，術士很可能一進入那個範圍就遭到攻擊。

「遇上那種妖魔就麻煩了，被突擊的話很難反擊。」

昌浩瞇起眼睛，仔細觀察圍牆內的柏皮屋頂。身旁的小怪也學他，踮起後腳觀望，但是以它的身高根本看不到圍牆裡面，所以只是做做樣子。
「沒錯，你的實戰經驗不多，還是先問問晴明的意見再謹慎行事吧？」
把手遮在額頭上觀察內部的昌浩，兩眼頓時變得呆滯。
小怪眨了眨眼睛，它知道自己戳到了昌浩的痛處。可是不久前與異邦妖魔對峙時，昌浩確實陷入了絕境，所以小怪覺得他還是應該儘可能彌補他不足的部分。
這是非常正確的意見。明知道正確，昌浩還是不想聽那種話。
氣嘟嘟地瞪著紀家屋頂好一會後，他忽然懷疑地瞇起了眼睛。
「是不是有什麼？」
「有什麼？等等。」
小怪沒助跑就直接跳到昌浩肩上，踮起了後腳，這樣視線就會高出昌浩，視野也寬闊了。昌浩和小怪一起看著圍牆內的屋頂，喃喃說著：「好像有什麼……」
「躲起來了。」
似乎隱約看到有影子在偷偷摸摸地移動，躲進了死角。
那個影子看起來很眼熟，到底是什麼呢？
「嗯……？」
「總之，為了紀家的人，要趕快處理這件事。」

「沒錯。」

他們點點頭，走向大門。

昌浩一邊思索著剛才看見的影子到底是什麼，一邊沒來由地想起了以前的事。大概是四歲左右吧，他經常泡在見多識廣的祖父房間裡，抓到書就看，有不懂的字就問。

晴明學識淵博，不只對國內，對國外的事物也有很深的造詣。在他的藏書中，也有以圖畫記號般的文字記載的書籍。看到昌浩對罕見的書那麼好奇，祖父開心地瞇起眼睛說：「這是從大海另一邊的國家更往西走的遙遠國家的書。我年輕的時候從大陸運來的，現在已經買不到了。」

書上也有圖畫記號之外的文字，跟晴明其他書上的文字相同。昌浩後來才知道，那是比遙遠的天竺更遙遠的西方國家文字。

晴明的房間有很多這樣的東西。

據說在那遙遠的西方國家，有難以想像的生物。

小時候，昌浩對這種傳說深信不疑，現在他已經十三歲，不再有相信那種童話故事的天真了。而且，讓昌浩變成這樣的直接原因，就是那個老狐狸爺爺——安倍晴明。

小怪斜眼瞄到昌浩愈來愈臭的臉，大概猜得出他在想什麼，聳起肩膀，無奈地嘆著氣說：「我可以了解你的心情啦……」

出來迎接昌浩的是芳彬的父母。由於芳彬的妹妹正值適婚年齡，不能出來見已經行過元服禮的昌浩，弟弟也去工作還沒回來。

「芳彬應該快回來了。」

帶著微笑卻滿臉疲憊的夫人為昌浩帶路。小怪和昌浩被帶到了主屋的廂房，因為夜夜發出的怪聲，就是從主屋的屋頂傳來的。

為了通風，廂房開著一面板窗，拉下了竹簾，屏風靠在牆邊。昌浩在竹簾附近的坐墊坐下來，觀察屋內的狀況。

沒察覺到什麼妖氣，應該不是怨靈之類的東西。

夫人先暫時離開，只剩下他們兩人，昌浩低聲說：「小怪，有沒有什麼感覺？」

「沒有，沒什麼感覺。」

「我想也是。」

昌浩盯著屋頂，深深皺著眉。剛才看到的影子，就是在這裡的正上方，可是完全感覺不到一絲惡意，會不會是看錯了呢？

「可是小怪也看見了吧？」

昌浩正疑惑地抓著臉時，芳彬從皇宮的雅樂寮回來了。

「喲，昌浩，好久不見了。」

成親和昌親還住在安倍家時，他經常帶著禮物上門拜訪。那時候他就很會彈奏樂器，昌浩小時候常常聽著他的樂聲，就不知不覺睡著了。

芳彬在昌浩旁邊坐下來，神情悲痛地說：「成親把事情都告訴你了吧？」

「啊，是的，我大略聽說了……對不起，這麼重大的事，竟然派我來處理。」

昌浩羞愧地縮起身子，芳彬慌張地搖著手說：

「不、不，千萬別這麼說，聽說你是晴明的秘密武器呢！」

「啊？」

「從哪裡聽來的？」

小怪的疑問，芳彬當然聽不見。

昌浩跟小怪一樣疑惑，只是沒說出來。再說現在也不是追究那種事的時候，所以他繼續切入主題。

「那麼，實際狀況是怎麼樣？你說的聲音是……」

「哦。」芳彬點點頭，解開手上細長布袋的繩子，取出龍笛。「你也知道，我是雅樂寮的樂師，必須勤加練習，所以回家後我也會吹笛子。我妹妹他們也很喜歡聽我吹，我每天都會練習兩刻鐘③……」

是他的妹妹先聽到那個聲音。

晚餐後，邊觀賞庭院，邊聽芳彬吹笛子，是紀家每天的例行活動，也是全家團聚的時間。

「大家聚在這裡，偶爾喝點酒。有一天我妹妹說她聽到奇怪的聲音。」

是咚咚咚的聲音，從屋頂傳來的，聽起來像是用力踩踏的粗重聲響。只要芳彬一開始吹笛子，就會響起那種聲音。

過了黃昏，夜色漸濃，只有燈台或燈籠的光線。為了確認聲音來源，父親與弟弟拿著火把出外察看，還是照不到屋頂上面，只勉強看到黑影。

「有奇怪的影子在晃動，但很快就不見了。」

聲音沒有停，依然咚、咚地敲著屋頂，好像很不高興。嚇得跟母親抱在一起的妹妹忽然想到，會不會是叫哥哥繼續吹笛子？回想起來，不吹笛子時，聲音的確更粗暴，敲的次數也更密集。而當芳彬用顫抖的手指按著笛子猛吹，敲擊聲就會緩和下來。

「最近都是這樣，每天晚上為異形吹笛子，我再也受不了了……」

不吹笛子，就會響起淒厲的聲響，像是在斥責他。他很害怕，只好喘著氣硬吹，有時候光吹一首還不行。

「前、前天吹笛子時，還聽到很像打鬥的劇烈聲音，震耳欲聾的尖銳咆哮聲把房子都震得搖晃起來，我妹妹還被嚇昏了。」

芳彬忍不住擦起了淚水，昌浩不知道該對他說什麼，視線四處飄移。

「嗯，狀況好嚴重。你行嗎？晴明的孫子。」

「咿……唔、咿。」

昌浩把反射性衝到嘴邊的「不要叫我孫子」這句話硬生生吞了下去，還乾咳幾聲做掩飾，再假裝揮動袖子，往小怪的後腦勺用力敲下去。

向前趴倒跌得狗吃屎的小怪很快又跳起來，踮起後腳，齜牙咧嘴地說：

「喂，沒人教過你，不可以做這種會弄痛人的事嗎？」

昌浩才懶得理小怪的怒吼，為哥哥的朋友打氣說：「芳彬哥，我會盡我的力量，盡快解決這樣的靈異事件，讓你們全家人可以恢復平靜的生活。」

「謝謝你……真不好意思，你也很忙啊！」

芳彬笑得有氣無力，昌浩笑說他一點都不忙。

「我哥哥們要是聽到你這麼說，一定會把我踹飛出去，說我竟敢不以他們朋友的事為優先。」

在神情開朗的昌浩身旁，小怪咚咚跺著腳大叫：「你聽我說話啊——！」

聲音是出現在芳彬回家吃完晚餐後到夜晚之間。
昌浩走到庭院盯著屋頂看，再慢慢望向西邊。
快到黃昏了，這是芳彬平常吹笛子的時間。
現在只有昌浩和小怪在主屋，芳彬他們都躲在對屋裡。
「小怪，我來吹吹看，你在這裡查看。」
「知道了。」
臉有點臭的小怪點頭回應。它一直碎碎唸個不停，昌浩都假裝沒聽見，它覺得無趣就不唸了。
昌浩坐在外廊上，從布袋裡拿出芳彬借給他的笛子。小怪斜眼瞪著他，把嘴巴撇成了ㄟ字形。
「真是的，他以前老實多啦！這樣子到底是像誰啊？」
這麼叨叨發牢騷的小怪，完全沒想到可能是它平常的言行舉止對昌浩產生了影響。人很容易被身旁的人同化，更何況他們一整天都膩在一起。
當然，平日在不知不覺中被晴明磨練也是原因之一。
「萬一昌浩的心性像藤蔓那樣一圈圈纏繞樹幹，扭來扭去，彎來彎去，整個反轉，以後變成要不得的大人怎麼辦？人還是老實、憨厚、幹勁十足、目光有神，才能給人好印象吧？我得說說晴明才行，不然昌浩的將來令人擔憂。」

又沒有人在聽，小怪卻一臉沉重地叨唸著。昌浩訝異地看著它說：

「你怎麼了？小怪。」

它眼神嚴肅地嘴巴叨唸著什麼的樣子，看起來特別嚇人。

「咦？總不會是跟我們對峙的妖魔很厲害吧？那不就慘了。」

昌浩擺好吹笛子的架式，抬頭看著天花板。還沒聽到關鍵的聲音。

探查情況時看到的黑影，到底是什麼呢？

把嘴巴對準吹孔之後，昌浩瞄了小怪一眼。小怪心領神會地眨眨眼睛，甩甩白色尾巴，做好了萬全的準備。

「很好。」

話說，昌浩今年十三歲，在他行元服禮的前三個月，曾經挑戰過種種項目，結果分別從那些領域的大師們得到「毫無天分」的負面證書，其中也包括樂器在內，尤其是龍笛。昌浩其實很不會吹龍笛。

希望能吹得出聲音——他在心中暗自祈禱，調整呼吸後開始吹。

笛子發出了低沉的音色。太好了，起碼有吹出聲音。

就在他安下心來的瞬間，響起了劇烈的聲響。

咚、咚、咚咚。

昌浩不由得拿開笛子，盯著天花板。聲音比想像中劇烈。

「哇?!」

庭院裡的小怪屏息凝視著屋頂的上方，與天空顏色相同的眼眸閃閃發光，細瞇成一條線。

「小怪，你看到什麼？」

「沒有，你再吹一次。」

「嗯。」

昌浩又吹了一次，不過他沒辦法吹出像芳彬那麼美的旋律，只是把同一個音拉得很長很長。

一吹笛子就聽到劇烈的聲響，彷彿在斥責他，咚咚地敲著屋頂。昌浩繼續吹，聲音就愈來愈劇烈，響個不停，劇烈到讓人擔心這樣敲下去，屋頂會不會垮掉？

盯著屋頂看了好一會的小怪，皺起眉頭叫了一聲：「昌浩——」然後甩一下尾巴，半瞇著眼睛望向對屋說：「停一下，去把芳彬叫來。」

昌浩瞪大了眼睛。「咦？為什麼？現在把他叫來，不是讓他更難過……」

小怪舉起前端有五根爪子的前腳，打斷昌浩的話。

「聽我的就是了，去把他叫來，我要搞清楚一件事。」

昌浩緊緊皺著眉，一臉的不滿，但還是乖乖走向對屋。

在他回來之前，小怪交互看著屋頂和天空。

從暮色漸濃的天空吹來了與大自然完全不同的風。

「咦？」

小怪露出苦到不能再苦的苦瓜臉，思索著什麼。

昌浩回來時，芳彬畏怯地跟在他後面，邊瞄著天花板，邊走過來。

「昌浩，到底要我做什麼……」

「啊，呃，就是……」

昌浩用眼神叫小怪趕快講，小怪便跳到他腳下說：「叫芳彬吹平常吹的曲子。」

看到昌浩直眨眼睛，小怪又重複了一次。

「快點叫他吹，我沒辦法說明。」

一般人看不見小怪，也聽不見它說的話。

昌浩搞不清楚狀況，只能對芳彬說：「可以請你吹平常吹的曲子嗎？」

「咦？」

芳彬臉色發白，昌浩慌忙搖著手說：「啊，放心，不會有危險，我會一直看著。」

「可能要平常的曲子才行。」

昌浩轉達小怪這句話，芳彬才勉勉強強答應吹笛子。

為了可以隨時逃走，芳彬站在廂房最邊緣的地方，立正站好，拿起了笛子。

沒多久，優美的旋律就隨風飄揚，傳遍了每個角落。很難相信昌浩剛才吹出來的樂聲，用的是同一根笛子。

「哦！好聽好聽，不愧是雅樂寮的樂師。」

小怪由衷讚嘆。昌浩也這麼認為，但同時也對自己的沒天分感到難過，跌入沮喪的無底深淵。

啊，我真的是在任何領域都沒有天分，又笨又無能……

小怪看著陷入愁雲慘霧的昌浩，瞇起一隻眼睛說：「怎麼了？怎麼了？不要現在才為沒天分的事沮喪嘛！大師都頒了『不行』的證書給你啦！」

因為有芳彬在，昌浩只能默默以眼神回應。

話是沒錯，但多少還是學會一點比較好吧？

「也對啦！為將來著想的確是這樣，如果學到能獻一曲給心愛的女人，就帥呆了。」

那會是多久以後的事，就先不想那麼多了。

現在昌浩才剛舉行完元服禮，還不是談情說愛的時候。在工作可以獨當一面之前，就想談什麼情啊、愛啊，恐怕會被怒罵還早得很。

不過昌浩自己也覺得，十三歲要面對那種事還是很遙遠的事。

我不會寫詩歌，字又寫得醜，醜到讓人連拍馬屁的話都說不出來；樂器也不行，最好再多少努力一下。

昌浩愈想愈離題，是敲擊屋頂的聲音把他拉回了現實。

咚、咚、咚咚、咚。

「唔、哇，又來了！」

芳彬抱住頭，嚇得縮成了一團，肩膀也抖得很厲害，看起來好可憐。

改成坐姿而以後腳抓著脖子的小怪心想，原來這麼一點聲音就會讓一般人產生恐懼啊！

剛開始它是有點驚訝，但感覺不到特別強烈的妖氣或怨念，所以沒什麼理由害怕。

昌浩也一樣，只是疑惑地盯著天花板。

「咦……？」

昌浩繃起臉，舉起手上的笛子。好不容易才吹出來的笛聲中氣不足，立刻從屋頂傳來劇烈的咚咚聲響。

隔了一會，昌浩再吹笛子，聲音又比剛才更劇烈了。

「芳彬哥，可以再請你吹一次嗎？還有，就算聽到聲音也不要停下來。」

在昌浩的要求下，芳彬又含淚吹起笛子，優美的音色裊繞傳響。

咚、咚咚、咚咚、咚。

小怪甩一下白色尾巴。昌浩眉間的皺紋皺得更深了。

他跑出廂房，穿越外廊，把事先準備好的梯子靠在屋頂邊緣，敏捷地往上爬。小怪稍微助跑，就直接跳上了屋頂。

爬到屋頂邊緣後，昌浩和小怪都看見了。

有東西背對著暮色，正配合芳彬吹奏的音樂開心地翩翩起舞——

「是螳螂……」

小怪這麼低喃後便再也說不出話來了。

螳螂又稱刀螂，就是前肢像鐮刀的那種生物，可是這隻超大，比昌浩還要高大。

不能說是一般螳螂，而是……

「怪物螳螂。」

很久很久以前，曠世大陰陽師安倍晴明告訴過他的小孫子昌浩。

在比遙遠的西方天竺更遙遠的西方盡頭，有個國家，人民的髮色、眼色都跟他們不一樣。

雖然外表不一樣，但跟他們一樣是人類，跟他們一樣生活著。
只是這個國家存在著不可思議的生物。
昌浩思考過這件事。
比天竺更遙遠的什麼西方國家，說不定只是童話故事，晴明說的話再可疑不過了。
但是，日本確實存在著不可思議的生物。
是的，如今就在眼前。
小怪用前腳靈活地抓著頭，對目瞪口呆的昌浩說：
「我想做個實驗，你叫芳彬吹比現在更柔和的曲子。」
「知道了。」
昌浩往下爬到梯子中央，叫喚躲在廂房裡的芳彬。
「對不起，麻煩吹更柔和的曲子。」
「知、知道了。」
芳彬不明白昌浩想做什麼，但還是聽他的話改了曲子。
螳螂配合與剛才截然不同的曲調，放慢了腳步，把右邊的鐮刀當成扇子，跳得比一般貴族還要優雅。
小怪的表情有點呆滯。

「昌浩，接下來改吹輕快的曲子。」

抓著梯子把頭探出屋頂的昌浩，又往下爬幾步，叫芳彬換曲子。

加快旋律的曲子一響起，螳螂就揮舞著鐮刀，靈活地舞動四隻腳，發出配合音樂的趴躂趴躂腳步聲。

這隻螳螂跳得真的好，簡直可以去當舞妓了。

小怪知道這種時候不該想到這種事，也不該這麼想，但還是忍不住這麼想。

「嗯……」

一直緊繃的戒心，一下子全飛到遙遠的天邊去了。

說起來，就是這麼回事。有隻不知道從哪裡來的螳螂，被獲得極高評價且實至名歸的芳彬的笛聲吸引，每天都乖乖待在屋頂上等笛聲響起。一聽到笛聲，它就開心地跳起舞來。

「原來如此，這隻螳螂還真風雅呢！不但聽得懂笛音，還會配合旋律起舞。」

小怪讚嘆不已。用膝蓋爬行到它旁邊的昌浩疑惑地說：

「可是，剛才為什麼會發出那麼粗暴的聲音？」

「剛才？」小怪回頭反問昌浩。

「嗯，就是我吹笛子的時候。」

「哦……」

小怪半瞇起眼睛，搔著脖子一帶。它大概猜得到原因。

「叫芳彬停下來，再換你吹。」

「咦？」

昌浩對廂房裡的芳彬發出信號，就直接在屋頂上吹起來。

跳得正高興的螳螂忽然不動了，放下兩隻鐮刀，觸角微微抖動，後腳咚咚踩踏著屋頂，一次又一次跺著腳，看起來心情非常惡劣。

「好，你不要吹了，再換芳彬吹。」

小怪裝模作樣地舉起前腳。昌浩也猜到怎麼回事，挑起了眉毛。

「也就是說……叫吹得很爛的人滾一邊去嗎？」

假裝看著遠處的小怪，猛搔著脖子一帶。

灰心喪志的昌浩去指示芳彬吹笛子後，又回到小怪旁邊。

「可惡，區區一隻螳螂居然敢嫌我。」

這種事比能不能獻一曲給心愛的女人還嚴重吧！

「我一定要進步……！」

昌浩握起了拳頭，小怪不抱希望地說：「你加油。」

垮下臉來的昌浩，突然眨了眨眼睛說：「喂，小怪……」
正看著螳螂的小怪把視線轉向他。
「芳彬不是說聽到像是打鬥的聲音嗎？」
「哦，他的確說過。」
「可是，這隻螳螂怎麼看都只是在跳舞啊！」
「有時候不太像跳舞，不過，的確如此。」
昌浩陷入沉思。「有打鬥的話，應該是有敵人吧……可是這麼大的螳螂會有敵人嗎？」
「嗯。」小怪低聲沉吟，靈活地合抱前腳說：「沒錯，這麼大一隻是很難有敵人。
啊，說不定是住在這附近的妖魔鬼怪。」
一邊這麼說，小怪一邊想起剛才的怪風。那不是大自然的風，而是什麼東西製造出來的氣流。
昌浩看著還在跳個不停的螳螂，壓低聲音說：「我想起了以前爺爺告訴過我的話，不過，我一直以為那絕對是編出來的故事……」
「什麼故事？」
「傳說在比天竺還遙遠的西方國家有很大的鳥。可是怎麼會有那麼種鳥嘛……咦？」
忽然響起一陣啪沙的拍翅聲。

夕陽還沒有完全西沉，昌浩和小怪周圍卻暗下來了。兩人提高警覺，發現螳螂的踏步聲也中斷了。

取而代之的是威嚇的咆哮聲。

兩人猛然抬頭，看到平常無法想像的大鳥。

目瞪口呆的昌浩以狀況外的聲音，說出了狀況外的話。

「是鳥沒錯，可是沒有夜盲症嗎？黃昏都快結束了呢！」

「那不是重點吧！」

小怪大叫一聲，巨鳥也張開嘴巴，發出尖銳的鳴叫聲。螳螂舉起兩把鐮刀，擺出了迎戰姿態，卻抓到機會就轉身開溜，倉卒地從屋頂鑽進了紀家。

「哇——！」

從廂房傳來不成聲的尖叫聲，然後是重物掉落的聲響。

「被、被吃了嗎？」

昌浩慌忙趴下來，從屋頂邊緣往主屋看，看到螳螂跳過昏倒的芳彬，躲到了屏風的後面。

綁在脖子後面的頭髮倒掛下來，在昌浩的視野上方搖來晃去。昌浩把身體轉回來，看著在上空盤旋的巨鳥，心想螳螂的主食是什麼呢？

巨鳥發出憤怒的吼叫聲，似乎還沒放棄躲起來的螳螂。

昌浩受不了震耳欲聾的叫聲，用雙手摀住了耳朵。

「總不會是千里迢迢從比天竺更遙遠的地方飛來的吧？」

昌浩喃喃自語。周圍變得更暗了，鳥正逼近他們，不知道是不是放棄了不見的螳螂，改變了攻擊目標。

巨鳥拍振翅膀捲起的風打在昌浩臉上，盤旋的翅膀也直直朝昌浩飛撲下來。

「不會吧?!」

鳥是肉食嗎？

昌浩的大腦還沒抓到重點，紅色鬥氣就捲起漩渦化成了火焰。

擦過翅膀的灼熱感，把巨鳥嚇得急速往上飛，從上方俯瞰著紀家屋頂。

一個高大的身軀站在屋頂邊緣，是神將紅蓮。他背對著快變成黑夜的天空，狠狠地瞪著巨鳥。

昌浩倒抽一口氣，看著盤旋的巨鳥與紅蓮的視線撞出火花。從紅蓮手中緩緩上升的鬥氣，眼看著就要轉變成火焰了。

巨鳥又盤旋了一會，最後舉白旗投降，拍了幾下翅膀，就從染成藍色的東方天際消失了。

「鳥有夜盲症啊……」

昌浩的思考還在狀況外，紅蓮立刻炮轟他：「那不是重點！」

紅蓮變回小怪的模樣沒多久後，躲起來的螳螂就撟捷地爬上來了。

確定敵人消失後，螳螂便大剌剌地從昌浩和小怪旁邊走過去，在屋頂一角蹲了下來。

小怪走向蹲著不動的螳螂，說出人類聽不懂的話。螳螂動了一下鐮刀，似乎給了小怪什麼回應。

交談了一會後，小怪點個頭，回到昌浩旁邊。

「它說了什麼？」

「它說這裡已經不安全了，再兩、三天它就會離開。」

據螳螂說，剛才的巨鳥是超大隻的伯勞鳥。

邊聽小怪說話，邊爬下梯子的昌浩，不由得停下來。

「伯勞鳥?!」

「對，伯勞鳥。說真的，有那麼大隻的螳螂，當然就有那麼大隻的伯勞鳥來捕食它。」

「這是重點嗎？」

「這是大自然的哲理。」

小怪才不管是不是重點，逕自跳上昌浩的肩膀。

爬下梯子後，昌浩去廂房照顧昏倒的芳彬，等他醒來，向他報告事情經過，做了最後的結論。「總之，那隻螳螂只是被芳彬哥吹奏的美妙音色引來，每天都跳舞跳得很開心。但因為被捕食螳螂的伯勞鳥發現，所以再過幾天它就會離開了。請你再為它吹幾天，它會很高興的。」

「哦……不會危害我家人的安全吧？」

「不會，它真的只是隨著笛聲起舞而已。」

昌浩說得很肯定，消除了芳彬的疑慮。

芳彬安心地喘口氣，一再向昌浩道謝。

明天昌浩還得向成親報告詳細情形。

向芳彬報告後，昌浩就離開紀家，趕回自己家了。他怕家人擔心他都這麼晚了還沒有回去。

在夜幕低垂的黑夜中，昌浩走在通往安倍家的一条大路上，對坐在他肩上的小怪說：「你想，還有像那隻伯勞鳥或螳螂那麼大的生物嗎？」

「有啊！我以前在非人界的地方看過大蜥蜴。」

「是嗎？那種生物最好不要來人類居住的地方……」

不然會引起大恐慌。

昌浩感嘆地吐口氣時，眼角餘光掃到一個白色物體，他抬頭一看，哇地大叫一聲，瞪大了眼睛。那隻熟悉的白鳥眨眼間變成一張白紙，翩然飄落。

昌浩抓住了那張紙。因為太暗了看不見，就叫身旁的小怪唸給他聽，內容如下：

很久很久以前我說給你聽的異國傳說，看來是真的呢！你必須培養靈活的思考來觀察事物，不要什麼都不相信。還有，不管再怎麼樣你都算是個貴族，所以起碼要學會吹笛子嘛！

By 晴明

「他都看見了。」

這是成親指示的事，應該跟晴明無關，他卻還是用千里眼全程監視。

昌浩把紙揉成一團，氣得肩膀直發抖，橫眉怒目。

今天的他，最大的打擊就是連螳螂都拒絕聽他吹笛子。

他以差點把小怪從肩膀甩下來的氣勢，用力將揉成一團的式文扔出去，大叫一聲：

「那個可惡的爺爺——！」

小怪的陰陽講座

①古代在雅樂寮教笛子的人，稱為「笛師」。

②龍笛是笛子的一種，頂端刻有龍頭的圖案。

③一刻鐘等於十五分鐘，所以兩刻鐘是半個小時。

兩個小怪

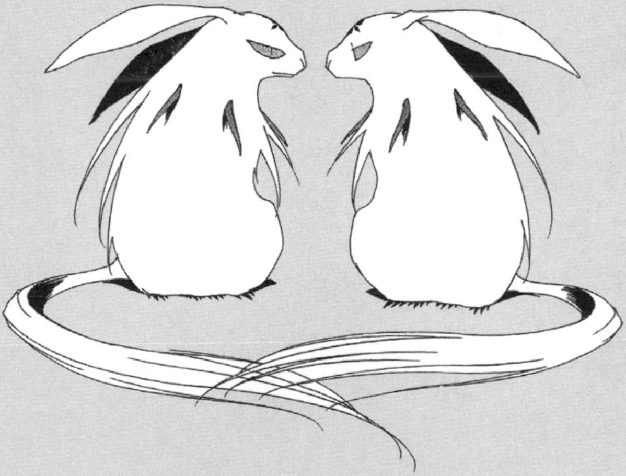

1

難得他也會有這麼困惑的時候。

造成困惑的傢伙，就在他眼前悠哉地用後腳搔著脖子一帶。

這隻全身覆蓋著白毛的生物，身體約莫大貓或小狗般大小，長長的耳朵撇在後面，輕輕甩著也很長的尾巴。打著呵欠拉長身子睡覺的模樣，真的就像一般的生物。

勾玉般的紅色突起圍繞著脖子一圈，額頭上還有花朵般的圖案。

昏昏沉沉睡起午覺而緊閉的眼皮下，有對紅色的眼眸。

他默默看著這個生物好一會後，轉動半睒的眼睛說：「喂，昌浩……」

被點名的昌浩眉頭深鎖，正盯著某本書看，那本書是有關陰陽的藏書之一，對需要道具的法術來說，算是實用書。「奇怪了，這樣做的確沒錯啊……」

昌浩把視線從書上移到睡覺的生物上。

平常，他總是叫這個生物「小怪」。從「怪物」的原意來看，這樣稱呼並不適合，但昌浩覺得叫起來很好聽，硬要叫它「小怪」。目前除了小怪自己之外，沒人有異議。

「不過，沒發生什麼特別問題，也不是什麼緊急狀態，就算了吧？」

「等等！」

「放心，我會想辦法解決。啊，可是，」昌浩又盯著書說：「在我找到解除法術的方法之前，為了避免搞混，你就維持原貌吧！紅蓮。」

「喂！」神將騰蛇立刻大聲抗議，挑起了一邊眉毛。

紅蓮是神將騰蛇的另一個名字。

曠世大陰陽師安倍晴明，在將十二神將納為式時，另給他們取了名字。

昌浩的祖父就是那個晴明。被視為安倍晴明接班人的昌浩，今年十三歲，與生俱來的優秀能力還沒開花結果。因為還在成長的修行中，所以昌浩一有空就會積極地讀書吸收知識，可是光有知識沒經驗，只是紙上談兵。

平時磨練技術，在必要時就能發揮功用。即使失敗，也能冷靜分析失敗的原因。

昌浩扯出這種牽強的理由後，正經八百地說出了驚人之語。

閒來沒事時，總是一副悠哉模樣、悠哉度日的小怪，這天也是悠哉地蜷縮成一團。

不久前，因為種種緣故而不得不在安倍家半永久居住的藤原彰子，似乎已經適應了這樣的生活。剛開始，她本人雖極力掩飾，還是看得出她有很多顧忌，幸好她很能自我調適，也非常努力去適應。

「不過，也是因為她很喜歡住在這裡，才能那麼努力吧！」

昏昏欲睡的小怪正對彰子讚嘆不已時，背上被戳了一下，它撐開一隻眼睛，看到昌浩直盯著它。「小怪，我想找你幫個忙。」

聽他說得那麼誠懇，小怪好奇地問：「幫什麼？」

「呃，修行的其中一環。」

小怪仔細一看，昌浩手中拿著關於陰陽類的書，是記載高難度法術的。

昌浩啪啦啪啦翻著書，煩惱地說：「如果不去克服不擅長的事，到了必要的時候會有問題吧？」

「沒錯，尤其是你，最不擅長什麼觀星啦、占卜啦，偏偏那些都是成為陰陽師的基礎，的確會有問題。」

「你說得沒錯……」昌浩把視線從書本移到小怪身上，眨眨眼睛說：「可是回想起來，我還沒有正式操縱過式呢！」

小怪瞪大了夕陽色的眼睛。「是這樣嗎？啊，被你這麼一說，好像是沒有。」

「爺爺常常操縱呢……像式文之類的東西，我不會的話不太好吧？」

「是啊，身為陰陽師怎麼可以沒有操縱過一、兩次式呢！」

小怪嗯嗯點著頭，昌浩鼓起勇氣說：「那麼，你可不可以變回紅蓮一下？」

時間停滯了一會。

「什麼？」

突然冒出「那麼……」這句話，與剛才的對話不相關也不連貫吧？

被小怪這樣戳破，昌浩一臉無辜地反駁說：

「當然有我的用意啦！你不是說要幫我嗎？怪物不會言而無信吧？」

「我哪有說要幫你？而且我也不是怪物！」

「總之，」昌浩揮手叫小怪安靜，把話拉回主題說：「你快變回紅蓮嘛！」

「變回紅蓮幹嘛？」

「等一下再告訴你。」

小怪露出為難的表情。

現在這個家除了安倍家的人外，還住著當代靈視能力最強的彰子。

小怪甩甩尾巴，沉重地說：「我不想在有彰子的地方現出原貌。」

十二神將中屬於「火將」的騰蛇，神氣強烈到即使隱形也會滿溢出來，比其他同袍的神氣都強，不愧有十二神將中最強鬥將之名。

昌浩皺起眉頭。「哦，那就去城郊的原野吧？那裡沒人，失敗了也不會波及任何人。」

看昌浩說得這麼理直氣壯，小怪半瞇起了眼睛。

他要做的事，萬一失敗會波及什麼人嗎？這傢伙到底想做什麼？

安倍晴明的接班人，有時會冒出讓人目瞪口呆的奇特想法。這一點很像晴明，但是對他手下的十二神將及眷族們來說，不是什麼值得高興的事。

小怪抱著不祥的預感，與隱形的神將六合、興致勃勃地要求同行的神將玄武，一起走向人跡罕至的東山山中。

現在是冬季中旬，風很冷。小怪全身覆蓋著白毛，十二神將們也天生就對氣候冷暖沒什麼感覺，只有昌浩冷得有點受不了，他不停地搓手、跺腳，讓身體保持暖和。

在隱形的六合與現身的玄武守護下，昌浩一次又一次地看過書後，點個頭催促小怪。

小怪無奈地嘆口氣，眨一下眼睛，變回了原貌。

紅蓮的個子很高。昌浩以前就聽玄武說過，紅蓮是十二神將中最高的。六合、青龍和紅蓮三人差不多高，但其中又以紅蓮最高。

「玄武，可以幫我拿著嗎？」玄武接過書，興致勃勃地等著看昌浩要做什麼，沒想到昌浩突然說：「紅蓮，給我一根頭髮。」

「頭髮？」

紅蓮訝異地反問，把手伸向蓋住眼睛的散亂頭髮，眉頭皺得更深了。

勉強拔下一根頭髮交給昌浩後，昌浩就從懷裡拿出了剪成人形的紙張，把紅蓮的頭髮放在紙上對摺夾住，再結手印，閉上眼睛。這時候神將們知道昌浩要做什麼了。

他在嘴裡唧唧咕咕唸著咒文，把紙用力抛出去，人形紙瞬間變形，落到地上。

「……咦？」

昌浩看著落在地上的傢伙，眼睛眨個不停，紅蓮和玄武也驚訝得說不出話來。

那傢伙掃視他們一遍，露出傲慢的表情說：「幹嘛幹嘛？我又不是觀賞品。」

蜷著身子坐下來後，那傢伙用後腳搔起脖子一帶。然後張大嘴巴打個呵欠，把耳朵撇到後面，縮成一團，閉上了眼睛。

「咦？」昌浩百思不解。

式張開一隻眼睛，瞥昌浩一眼說：「我很睏，不要吵我。」

然後不悅地皺起眉頭，抬頭看著紅蓮說：「陽光好刺眼，喂！你坐這裡幫我擋陽光。」

玄武心想，這個式竟然敢叫騰蛇幫它擋陽光，還真厲害呢！

張口結舌的紅蓮猛然瞇起眼睛，彎下腰伸出手抓住式的脖子，讓它懸吊在半空中。

「喂，你幹什麼！不要把人當成物品嘛！」

「你哪是人？不過是個式。」

「你說什麼?!」式拳打腳踢地掙扎著。

昌浩在拎著式的紅蓮背後，看著書做確認。

「奇怪了，應該會做出跟紅蓮一模一樣的式才對啊！怎麼會這樣？」

「怎麼會這樣？喂，你……」紅蓮沉下臉。

昌浩頂嘴說：「真的嘛，如果我要做出小怪，就沒必要特地叫你變回紅蓮，只要從小怪背上拔一根毛就行啦！」

「那樣會不會反而做出騰蛇來？」玄武很自然地提出這樣的疑問。

昌浩與紅蓮不禁互相看了看。如果真是那樣，後果恐怕不堪設想。

紅蓮瞪著拳打腳踢的式，嘆口氣說：「總之快解除咒語吧，昌浩！我的心情好複雜。」

陰陽師的法術，只有陰陽師可以解除，尤其是這種精細的法術，如果動用武力破解，反而會加強反彈力道，最好不要隨便插手。強行破解的話會反彈回術士本身，紅蓮可不想讓法術反彈到昌浩身上。

「好痛，可以把我放下來了吧？不管你是騰蛇還是誰，都沒有道理這樣對待我！」

像孩子般的高八度聲音氣呼呼地抱怨了一長串。

玄武感嘆不已。外表是小怪的式竟敢大膽指責那個騰蛇。變成小怪後的騰蛇，向來不論對誰都是這種態度，原來連對騰蛇自己都一樣。

「這真是難得一見啊！」

隱形的六合現在才現身，喃喃說著，語調仍然缺乏抑揚頓挫，但可以聽出他的驚嘆。

「就是啊！」玄武打從心底表示同意。

創造出那傢伙的昌浩，一次又一次地重複讀著書中記載的這個法術，剛開始是站著讀，後來乾脆盤腿坐在草地上。

「奇怪了，我想做的是跟用來當媒介的外形一模一樣的式啊！怎麼會這樣？」

不管怎麼張大眼睛來來回回地看，都看不到書中有這樣的記載。

是選錯了媒介嗎？可是做出了跟自己一樣的式，不容易看出成不成功，所以他才想既然要做，就用比小怪高出很多的紅蓮當媒介，應該會比較好判別。

被紅蓮倒吊著的式，因為拚命掙扎而產生反作用力，像鐘擺一樣搖來晃去。

「……」昌浩呆呆看著眼前的情景。這個怪物是紅蓮變身後的模樣，所以按理不可能同時存在。不過，這倒還滿有趣的——這種輕率的想法瞬間閃過腦海，昌浩慌忙甩甩頭，試著解除法術。解除後，就會變回紙張跟頭髮。

「應該是這樣啊，咦？」

看來要花些時間才能解決，玄武和六合也跟昌浩一樣坐下來了。

式掙扎得很厲害，所以紅蓮也坐下來，把它放了。

終於被放開的式狠狠斜瞪著紅蓮好一會後，發出誇大的嘆息聲。

「真是的，你也稍微鎮定一點嘛！就算我是意料之外的產物，也是思考能力十分健全的優秀的式呀！咦，式？這個稱呼聽起來好無趣，喂，騰蛇！」

突然被叫到名字，紅蓮不悅地挑起了一邊眉毛。式自顧自地接著說：「有沒有其他稱呼？名字是最短的咒語啊！那個半吊子陰陽師好像在忙其他事，你來想想名字吧！」

式說的「其他事」，就是找出解咒法，消除這個特別饒舌、說話又很不客氣的式。

紅蓮被問得啞口無言，式聳聳肩，半瞇起了又大又圓的眼睛。

「想不出來嗎？真是沒用，怎麼連這種智慧都沒有呢？虧你活過了幾千幾百年，為什麼這種時候不懂得臨機應變呢？還是多動動腦筋吧！」

「不用你管……」語調中帶著狠勁的紅蓮，把金色眼睛瞇成了一條線。

但是，式絲毫不為所動。「我是無所謂啦！如果一直維持這樣也行。看來還要花些時間，我先睡一覺，不要吵醒我。」

紅蓮看著拉長身體睡覺的式，皺起了眉頭。

平常的他就是這個模樣，就是這個被昌浩稱為「小怪」的異形模樣。

他自己不知道，原來這就是別人眼中的他。

原來外形變了，性格也會變嗎？他自己完全沒有自覺。

十二神將的威嚴都哪裡去了？

「在找出解咒法之前，為了避免搞混，你就維持原貌吧！紅蓮。」

「喂！」就在紅蓮嚴重抗議的瞬間，隨風飄來微弱的妖氣。

昌浩闔上書，反射性地站起來，玄武和六合也站了起來。紅蓮只是移動了視線。

在上風處？

「魔獸……？」這麼低喃的是剛才已經入睡的式。

「小怪？」昌浩習慣性地稱呼小怪模樣的式。

式瞇起眼睛斜瞪著昌浩說：「不要叫我小怪，晴明的孫子。」

「不要叫我孫子，你這隻怪物！」

「不要叫我怪物！」

這是玄武跟六合已經聽得很習慣的對話。但是紅蓮平常都是當事者，所以這樣的畫面對他來說很新鮮，甚至產生這時不該有的讚嘆。

「這樣好嗎？……」就在按著額頭低喃的同時，紅蓮揮出了一隻手，撲過來的黑影，被紅蓮放出來的鬥氣彈飛了出去。慘叫著摔在地上的妖獸很快又重整態勢，低聲嘶吼。

紅蓮邊站起來，邊看著它，微微皺起眉頭說：「是狼？只有一隻，可見是……」

「是斥候？」六合接續紅蓮的話。

這不是一般的狼，是有妖力的妖獸類。妖狼通常是十隻左右成群結隊。可能是追捕獵物時聞到了人類的味道，被誘來京城附近。

妖氣隨風飄來，仔細觀察上風處，可以看到幾個蠢蠢欲動的黑影。

昌浩小心翼翼地向前跨出幾步，紅蓮與六合都站在他身旁。走到昌浩旁邊的玄武緊張地說：「難道是異邦妖魔被殲滅後，那些銷聲匿跡的妖獸、魔獸就傾巢而出了？」

「要真是這樣就麻煩了……」鮮紅火蛇從紅蓮手中升起。「現在稍微教訓它們一下就行了，我想它們也不是笨蛋吧！」

六合默默點點頭，手中出現了銀槍。

所有人的注意力都轉向了魔狼群，坐著觀察狀況的小怪眼睛亮了一下。

三名神將，加上一名雖然還在修行階段，但將來一定、大概、可能會成為傑出陰陽師的人類，稍微一恐嚇，魔狼群就知難而退了。

不喜歡隨便殺生的昌浩鬆了一口氣，但很快就張大了眼睛說：「喂，小怪呢？」

「咦？」紅蓮忘了自己現在是以原貌出現，差點說「我在這裡啊」。昌浩說的是他自己做出來的式——小怪。

玄武正要指向某處說「在那裡」，卻也目瞪口呆。

六合默默地環顧四周，然而，到處都看不到那個白色身影。

2

糟透了。

在回家路上，昌浩陷入了苦思。

後來他們找遍了附近，都找不到小怪的身影。

「真不愧是從騰蛇變出來的，雖然是式，還是可以躲到讓我們都找不到。」

「這不是重點吧？」

沉默寡言的六合回應語氣沉重的玄武。沒錯，這的確不是重點。

那傢伙雖然是式，卻是用紅蓮的頭髮為媒介做出來的。十二神將的頭髮具有強烈的通天力量，很多妖魔鬼怪都想得到那種力量。心懷不軌的妖怪不敢動十二神將，是因為發動攻擊也只會反過來被消滅。

紅蓮縱使變成小怪的模樣，還是存在著神將騰蛇的本性，所以妖怪們也不敢加害小怪。但是，式不一樣。

昌浩做出來的式只是有小怪的外表，當然沒有十二神將那麼強烈的神氣。妖力較強的邪魔鬼怪可以輕而易舉地擊敗小怪，把它占為己有。

「雖然只有一根頭髮的分量，但畢竟也是紅蓮的力量。妖魔鬼怪得到後，會變得多強呢？」

平常都是待在腳邊或肩上的小怪會跟昌浩對答，可是紅蓮現在不能恢復異形的模樣，只好隱形，所以他的回答是直接在耳中響起。

《很難說，要看那隻妖魔原本有多強。》

《最好有變成幾倍到十幾倍的心理準備。》

「意思是不能太低估？哇，果然很嚴重，要趕快找到它。」

冬天的太陽比較早下山，昌浩他們去京城郊外的時間又晚，所以發現小怪不見時已經是晚上，現在天完全黑了。

由於出門時沒說會晚回家，所以昌浩必須先回家一趟。

《喂，昌浩，晚點再去找那個式是沒關係，可是要回家的話，我還是先變回異形……》

昌浩扭頭往後說：「不行，那樣會搞混。你是小怪的模樣時，完全感覺不到紅蓮的通天力量，所以變回去的話，會分不清楚是式還是小怪。」

「變回去」的說法對嗎？

默默聽著兩人對話的玄武跟六合不禁產生這麼無聊的疑問。

《我跟式應該分得出來吧？》

「我是說萬一分不清楚會搞混嘛！」

《幹嘛這麼兇？》

「我才沒兇呢！」

跟隱形的紅蓮對話，感覺很新奇呢！

昌浩一邊這麼心想，一邊直直往前走。

剛入夜不久，還大有可能遇上比較晚回家的官員們。京城的大路和小路大多很寬，所以只要注意保持距離，就不用擔心說話會被聽見，但還是小心一點比較好。

看到對面車道有牛車和隨從經過，昌浩壓低嗓門說：

「從那個小怪跟紅蓮說話的語氣，可以知道它的性格還是小怪。也就是說，紅蓮應該可以猜到小怪會跑去哪裡吧？」

《——》

剎那間，一片沉默。

昌浩詫異地扭頭往後瞥了一眼。「紅蓮？」

十二神將即使隱形，還是可以感覺得到他們的氣息。玄武和六合的氣息比較微弱，稍不注意就會忽略，但紅蓮的氣息十分強烈，很容易察覺。

所以昌浩不可能搞錯。

紅蓮沉默一會後，心情複雜地說：

《我都被你講的話搞混了。》

說得也是。

當紅蓮以異形模樣出現時，昌浩都叫它小怪，只有晴明會叫它紅蓮。

同袍們是不管他以什麼模樣出現，都一律叫他騰蛇。

昌浩掃視周遭一圈。

不知道為什麼，那個變成小怪模樣的式居然趁大家不注意時，一溜煙不見了蹤影。

「會不會有小妖看見它呢？」

住在京城裡的小妖們，到了黃昏就會起床活動，當黎明來臨時便揉著睡眼回到巢穴。現在才剛入夜，正是它們最活躍的時候。它們遍佈各處，很可能有哪隻小妖正好看見小怪。

「如果它還在京城……」

昌浩不了解小怪的思考模式。

「紅蓮，你認為呢？」

《幹嘛問我？》

紅蓮覺得莫名其妙，昌浩理直氣壯地回他說：

「當然要問你啊！因為它的外表是小怪，又是以你的頭髮當媒介做出來的。」
聽起來很有道理，可是紅蓮就是沒辦法認同。
就算外表一樣，紅蓮也不可能知道式在想什麼。

回到安倍家後，昌浩想不出別的辦法，只好去找晴明。
「爺爺，我有事跟您商量。」
在燈台的光線下，晴明正攤開卷軸閱讀著，一見到眉頭深鎖的昌浩，訝異地眨了眨眼睛。「喲，是昌浩啊，怎麼了？」
看來晴明並不知道這次發生的事。
原來也有爺爺看不透的事情啊！
昌浩邊想著這種無關緊要的事，邊思考措詞，開口說：「是關於式的事。」
晴明瞥了一眼昌浩手上的書，嗯一聲，合抱雙臂。
那是晴明本身也全部記在腦中，可以一字不差地背誦出來的文獻。他邊回憶年輕時血氣方剛的熱情，邊伸出手拿起孫子手中的書。
「我平時常用的式文，只要記住就很簡單，你還不會用嗎？」
「就是不會啊……很抱歉。」

晴明對滿臉苦澀的孫子笑笑，慈祥地說：「又沒人責怪你，說吧，你找我商量什麼？」

「呃，老實說……」

昌浩講到這裡就停頓了。晴明知道一定有事，訝異地皺起眉頭說：「發生什麼事了？」

昌浩的視線飄忽不定。

晴明追逐著他的視線，忽然察覺一件事，張大了眼睛。

「咦，昌浩，紅蓮怎麼了？難得他沒陪在你身旁。」

到處都看不見總是待在昌浩身旁的小怪。

但是氣息還在附近，不可能是回異界了。

「氣息……？」晴明抬頭看天花板。有氣息，在屋頂上。可是這氣息是……「紅蓮那傢伙是以『紅蓮』的模樣隱形了嗎？」

「不愧是晴明，可以確實掌握騰蛇隱形時的神氣。」

玄武在昌浩背後現身，沉穩地說。

紅蓮抱著一邊膝蓋，坐在安倍家的屋頂上，百般不情願地隱形著。

即使隱形也不能完全掩蓋他的氣息，滿溢出來的神氣，把平常會在附近徘徊的小妖們全都嚇走了。

紅蓮並不想見到這樣的狀況。
他長久以來變成小怪的模樣是為了什麼？所有的努力都白費了。
煩躁使神氣變得激烈兇暴。紅蓮咂咂舌，用右手抓住左臂，金色雙眸充滿怒氣。
這種時候，只覺得熾烈的神氣很麻煩。
「什麼十二神將中最強的嘛！我一點都不希罕。」
紅蓮這麼低聲咒罵時，一道神氣在他旁邊降落。
「怎麼了？你全身都是刺呢！」
紅蓮抬眼瞄了一下。用烏黑眼眸心平氣和地看著紅蓮的她，是十二神將的土將勾陣，不帶捲度的直髮在她肩頭輕柔飄曳著。
「勾，妳會從異界出來才稀奇呢！」
「你的神氣平常都被壓住，很難感覺得到，現在突然冒出來，我當然會擔心發生了什麼事啊！你怎麼不變異形了？」
「我也不想維持原貌啊！」
「哦？」
勾陣彎下腰，配合紅蓮的視線，窺視安倍家裡面的狀況。
他們的主人與小孫子，正在晴明的房裡談論很嚴肅的事。

聽不到詳細內容，只知道好像跟騰蛇有關。
「回異界會自在一點吧？」勾陣說。
紅蓮面有難色地說：「我不能離開昌浩身旁。」
「那就待在更接近他的地方啊！」
「彰子在屋裡，我不想讓她看到我這樣子。」
勾陣微微苦笑。原來紅蓮是有所顧慮，謹慎思考後，決定隱形待在屋頂上。
「說吧，騰蛇，到底發生了什麼事？」
紅蓮眉間的皺紋皺得更深了。

連晴明都大吃一驚。「這……還真是……難得的現象呢！」
「真的很難得。」昌浩完全同意。「爺爺，在你長得可怕、長得太過分的人生中，有過多少次不如預期的結果？」
「不用特別強調長得可怕這件事。言歸正傳，不如預期的結果多到數不清，都不記得了。只要能臨機應變，有彈性地處理，就不會有問題。」
「是這樣嗎？」
「我年輕時候的信念是順其自然。」

真是這樣嗎？

聽著這對祖孫的對話，玄武和隱形的六合相視無言。

「陰陽術這種法術，未必都會出現同樣的結果。也有可能發生像這次的狀況，所以應該沒關係。」

「沒關係哦……」

「就當作沒關係吧！現在鑽牛角尖想太多也沒用吧？」

「的確是。」

昌浩嗯嗯地猛點頭，晴明合抱雙臂，表情凝重地對他說：

「比較麻煩的是，那個小怪模樣的式有自己的意識。」

昌浩舉起一隻手發言。

「爺爺，這樣會搞混，在事情解決之前，請把紅蓮稱為紅蓮，把式稱為小怪。」

「你還真混呢……」

「這就是爺爺說的臨機應變啊！」

昌浩似乎對臨機應變的意思有所誤解，而且誤解很大。

六合和玄武又默默無言地互看了一眼。

從這樣的平等對談，可以證明昌浩的確是晴明的孫子。

「爺爺猜得到小怪會去哪裡嗎？」

晴明被問得滿臉困惑。「紅蓮那傢伙幾乎哪兒都不去啊！頂多是我到哪裡，他就跟到哪裡，從來不會主動去什麼地方。」

「而且，」晴明想起一件事，看著昌浩說：「既然式是小怪的模樣，就該參照小怪的思考，而不是紅蓮吧？」

紅蓮模樣的時候，與小怪模樣的時候，言行舉止相差很多。那應該是無意識的反應吧？假如是有意識地那麼做，就大有問題了。

「關於小怪的思考，你應該比我清楚吧？昌浩。」

昌浩抱頭苦思。

「咦？我也不清楚啊！小怪總是跟著我東跑西跑，好像沒有自己去過哪裡。」

而且閒來無事時，小怪大多是蜷縮成一團，悠悠哉哉地打著盹。躺在昌浩膝旁的睡相看起來大大滿足。

昌浩望著天花板，心想小怪還真喜歡做日光浴呢！

「是不是該一一過濾我們去過的地方呢？」

昌浩和小怪去過的地方有：東三条府，貴船山，巨椋池。

可能還有其他地方，但昌浩只想到這些。窮奇創造出來的異空間除外，因為已經消失了。啊，還有跟妖怪對峙時的破房子、戰鬥時被摧毀的宅院、彰子的表姊住的宅院，把這些地方都加起來，範圍就很廣了。④

「對了，昌浩。」

聽到晴明叫喚，昌浩拉回了視線。「什麼事？」

「那群魔狼後來怎麼樣了？」

昌浩看看玄武和六合。六合便在玄武旁邊現身了。

看到六合，他赫然發現一件事。

隱形時的六合，若不特別注意去找，根本感覺不到他的氣息。而待在屋頂上的紅蓮的氣息，卻不費吹灰之力就可以捕捉得到。沒想到相差這麼多，可見紅蓮的神氣有多強烈。

「被我們威嚇後，應該乖乖撤回山野了。」

玄武這麼報告後，晴明陷入了沉思。

魔狼都很聰明。為了追捕獵物，很可能趁夜溜入京城，抓走盜賊或乞丐，儘可能不引起人們的注意。

「既然遇到了它們，最好還是把它們通通消滅。它們畢竟是妖獸，還是會虎視眈眈地等待機會。」

住在京城的小妖們都很開朗，很享受妖怪的生活，那些傢伙跟它們不一樣。

「等它們發動攻擊再消滅也不遲吧？」

「那樣也可以。」

「我知道了，那我先去找小怪。」

晴明對站起來的孫子點點頭，轉向玄武和六合說：「你們跟著昌浩。」

「遵命。」

回應的是玄武，六合只是默默點頭。

目送昌浩離去後，晴明感慨地嘆了一口氣：「紅蓮已經很久沒有以原形現身了呢！」

彰子正要去叫昌浩吃飯，看到他準備出門，訝異地張大了眼睛。

「昌浩，晚餐已經做好了呢……怎麼了？」

昌浩停下準備工作，點個頭說：「我臨時有事要出去。」

「吃完再走吧？」

「呃……」昌浩瞥玄武一眼。

小孩子模樣的神將一本正經地說：「空著肚子很可能有動不了的危險，值得考慮。」

隱形的六合似乎也同意他的說法。昌浩覺得他們說得有道理，決定聽他們的話，而且他也真的有點餓了。

「嗯，我吃完再走。」
彰子鬆口氣笑了。「太好了……對了，昌浩。」她忽然露出不安的眼神。
「怎麼了？」
昌浩轉向她，她抓住昌浩的狩衣下襬，悄悄環視周遭說：
「附近好像有什麼……不像是妖魔鬼怪……」
跟扎刺皮膚的妖氣不一樣。光這樣待著，不用刻意去感受，就會被震懾。
「會是什麼呢？昌浩，你知道嗎？」
被這麼一問，昌浩賊頭賊腦地東張西望，裝傻地說：
「呃，會是什麼呢？玄武、六合，你們知道嗎？」
六合現身，與玄武相對而視。半晌後，玄武裝出大人的口吻說：
「不知道，我們沒有察覺什麼危險。」
六合瞥玄武一眼，點點頭就隱形了。
昌浩笑著安撫彰子說：「沒事，放心吧！就算附近有什麼，也絕進不了爺爺的結界。」
「嗯……」彰子還是有些不安，但點了點頭。
在屋頂上的紅蓮抱住了頭。

「啊啊啊……」

合抱雙臂坐在他旁邊的勾陣嚴肅地說：

「彰子說的是你的神氣吧？」

「當然是。」

勾陣感嘆地看著身旁的紅蓮。

原來如此，不愧是擁有當代最強的靈視能力。騰蛇已經儘可能壓抑神氣了，彰子卻還是感應得到。

愁眉苦臉的紅蓮在屋頂上移動。

「喂，晴明。」

聽到叫聲，晴明走出了外廊，看到紅蓮的頭從屋頂邊緣倒掛下來，訝異地瞪大了眼睛。「紅蓮……」

紅蓮顧不得晴明啞然失言的樣子，接著說：「你想想辦法處理這狀況啊！」

3

這只是臨時的處置方法。

「但總比什麼都不做好。」

晴明把施過法術的念珠套在大感不滿的紅蓮右手腕上。這個念珠跟紅蓮額頭上的金箍一樣，可以抑制酷烈的神通力量。

紅蓮像檢視般觸摸著念珠，老陰陽師聳聳肩說：「我倒覺得你不必那麼在意。」

「你憑什麼這麼說呢？這可是跟我有關啊！」

「我是說……唉，算了。」

晴明望著紅蓮又跑回屋頂的背影，無奈地嘆口氣，拿起了六壬式盤。

昌浩奔馳在一片漆黑的京城中。

總是跑在他身旁的白色怪物不見了，取而代之的是神將玄武。

「昌浩，要去哪裡？」

他從西洞院大路直直往南跑。

「東三条府。」

「你認為式在那裡？」

「我不知道是不是在那裡，可是……」昌浩稍作停頓，皺起眉頭說：「說到我跟小怪去過的地方，我最先想到的就是東三条府。」

突然，玄武表情驟變，隱形的六合好像也猛然往後退了幾步。

幾乎就在昌浩環顧四周的同時，玄武也跳開了。

沒多久，數量龐大的小妖們開心地大叫起來。

「啊，發現孫子——！」

「哇啊啊啊啊！」

玄武站在稍遠的地方，看著大量的小妖一隻接一隻掉下來，一本正經地說：

「那可能就是小妖們的愛的表現吧！」

在玄武旁邊現身的六合欲言又止地看著同袍。他沒有明確回應，只是默默走向小妖們疊起的小山，毅然把手伸進去，被埋在小山下的昌浩被六合拖了出來。

六合抓住他的衣領，讓他懸吊在半空中，只見他擺著一張苦瓜臉。

「可惡……」

圓滾滾的獨角小妖攀在低聲咒罵的昌浩衣服上，笑得很開心。

「哈哈哈哈哈，你還是一樣粗心大意呢！」

「你們……」

昌浩忍無可忍，氣到兩眼發直，小妖們卻不害怕，毫不在乎地數落他。

「這樣不行哦！要更小心地注意四周的狀況。」

「沒錯，這麼漫不經心，萬一發生什麼事就糟了。」

「不過陷入絕境時還有式神，所以不會有事……咦？」

三隻眼的蜥蜴說到這裡，忽然把一隻前腳舉到眼睛上方，環視周遭。

其他小妖也都跟著邊做起同樣的動作，邊發出同樣的叫聲。

「咦？」

小妖們異口同聲地叫著，接著都把視線投注在昌浩身上。像猿猴的三隻角小妖代表所有小妖發言：「喂，你的式神怎麼了？」

「怎麼了？」小妖們一起重複，整齊劃一地大合唱，真的很厲害。

玄武莫名其妙地感到佩服。

被這麼一問，昌浩把嘴巴撇成ㄟ字形，瞪小妖們一眼，再轉向六合說：

「你差不多可以把我放下來了吧？」

拎著昌浩的六合默默聽從他的要求。

昌浩忿忿拍去狩衣上的髒污，狠狠瞪著小妖們。

不管他怎麼生氣、怎麼破口大罵，這些小妖們都不在乎，還是每天每天把他壓扁。

「哪天非把你們降伏不可，可惡……」

昌浩緊緊握起拳頭，三隻眼蜥蜴輕輕扯動他的狩褲。

「嗯？」

「欸、欸，式神沒跟你在一起嗎？其他式神都在，就那個式神不在，好奇怪哦！」

蜥蜴的表情就跟它說的話一樣疑惑。

不管是小怪的模樣、小怪的原貌或其他十二神將，對小妖們來說都是「式神」。

這時候，一隻小妖「啊」地大叫一聲。「我有看到，式神往那邊去了。」

「咦？」

昌浩訝異地望過去，看到眼睛骨碌骨碌轉來轉去的大蟾蜍指著南方。

「就是那隻全白的式神，我不可能看錯。它跟平常一樣身輕如燕地往那裡跑去了。」

那麼就是往東三条府去了，昌浩果然沒猜錯。

昌浩催玄武與六合快出發。

「走啦！」

喧嚷。

幾天前順利將大千金嫁入宮的東三条府籠罩在一片靜寂中，完全看不到那天的熱

安倍晴明為擁有靈視能力的大千金佈設的結界，現在都解除了。

趁巡視的警衛每隔幾個時辰換班的空檔，昌浩和神將們潛入了東三条府。

「怎麼會變成這樣呢……」

躡手躡腳緩緩前進的昌浩，邊走邊嘀嘀咕咕地埋怨著。

他正走向東北對屋，不久前大千金還住在那裡。對昌浩和小怪來說，在東三条府中，那裡是他們最熟悉的地方。

「小怪，你在嗎？」昌浩小聲叫喚，但沒有回應。

因為是用紅蓮的頭髮當媒介做出來的式，所以散發出來的氣息應該跟紅蓮一樣。他集中精神搜尋，在對屋的外廊下，找到了微弱的殘留氣息。

「果然來過這裡……」

可是已經離開了，殘留的氣息也十分微弱。要不是中途被小妖們攔住，說不定就可以碰見它了。

「來晚了……真是的，小怪到底跑去哪裡了？」

小怪為什麼來這裡呢？

昌浩環顧四周，希望能找到關於小怪下落的蛛絲馬跡。

每踏出一步，都會響起輕微的腳步聲。不管再怎麼小心，也沒辦法完全遮掩鞋子踩在地上的聲音。

冬季中旬的風冰冷而清澈，阻斷了所有雜音，使他的腳步聲聽起來更清楚。

他小心翼翼地繞著對屋走，神將玄武和六合卻跟他完全相反，大步大步走著，毫無顧慮。他們基本上都是打赤腳，又隱形，所以不管怎麼走、怎麼跑、怎麼鬧，一般人都不會發現他們。

「真好……」

這麼嘀咕後，昌浩才想到自己大可不用進來，叫玄武跟六合來察看就行了。

鑽進外廊底下察看有沒有什麼線索的昌浩，露出了難以形容的表情，搔著太陽穴。

「呃，這叫什麼呢？」

好像有什麼白費力氣的成語。

「是徒勞無益嗎？」

「還是勞而無功？」

玄武在蹲著的昌浩旁邊現身，疑惑地皺起眉頭說：

「昌浩，不要突然冒出沒頭沒尾的話嘛，我們是很認真在找式耶！你這個當事人這麼不專心，我們再怎麼幫你找也是徒勞無功。」
「……對不起啦！」
在心中激起的千言萬語湧上喉頭。昌浩硬吞下那些話，嘆了一口氣。
看來是找不到任何線索了。
「那麼，接下來去窮奇最初躲藏的廢墟……」
「噓！」玄武突然按住嘴巴，昌浩也跟著他安靜下來。
屏氣凝神一看，有兩個身影正沿著渡殿，從寢殿往對屋走來。
昌浩躲到外廊下的更裡面。兩個身影都拿著蠟燭。雖然光線到達的範圍不大，但很可能看得見有東西在黑暗中晃動。
兩人的腳步聲從昌浩躲藏的外廊上方通過。
隱形的六合低聲說：
《玄武，可不可以用水鏡顯現上面的狀況？》
「可以。」
玄武回應後，輕輕攤開雙手，閉上眼睛。水的波動匯集，形成搖曳的鏡面。
六合用深色靈布巧妙地掩蓋了水鏡散發出來的藍白色光芒。
昌浩與玄武透過鏡子，看到兩個拿著蠟燭的女性，在對屋中交談。

空木用蠟燭照亮主屋，發出無限感慨的嘆息。

不久前還在一起生活的大千金，現在已經嫁入後宮，成了藤壺女御。

「真是光陰似箭啊……」站在空木旁邊，同樣看著屋內的另一名女性，用聽不出是高興還是落寞的聲音說：「雖然是自己的女兒，但以後也不能想見就見了……這明明是期盼中的事，為什麼會這麼失落呢？」

「夫人……」

看到空木替自己擔心，彰子的母親倫子淡淡一笑說：

「我只是有點感慨，再也不能叫她『那孩子』了，我得改口了。」

倫子坐下來，叫空木也坐下來。

把兩支蠟燭並排放在地上後，倫子與空木低聲說起了悄悄話。屋內只有她們兩人，但現場的氣氛還是讓她們不由得壓低了嗓音。

「妳什麼時候動身？」倫子問。

空木有點害羞，微低著頭說：「後天。」

「哦，對、對哦，離開京城，難免感到不安，妳要保重啊！」

「感謝夫人關心……」

空木低下頭，久久沒再抬起來。

擔心的倫子輕輕把手伸向她，看到淚水從她臉頰滑下來。

「空木……」

聽到夫人的叫喚，空木趕緊擦掉淚水說：「對不起，我不知道我怎麼了……」

空木是從彰子懂事以來就跟著她了，是彰子的隨身丫鬟，也是小時候的玩伴。長大後，成為比任何人都親近彰子的侍女，一直守護著她。

彰子行過裳著之禮⑤後，就嫁入了宮中。

空木不知道多麼想跟著彰子入宮，可是與主人道長精挑細選出來的侍女們相比，空木的身分就是相形見絀。

她的父母都過世了，沒有堅強的靠山。身邊的親戚只有在藤原行成家工作的嬸嬸，除此之外，沒有其他可以稱為親戚的人了。

「我完全沒有身世背景，可以當彰子小姐的玩伴，已經很滿足了。」

彰子入宮的那天晚上，在一片忙亂中，主人把空木叫去。

「伊予守⑥的兒子正好到適婚年齡了，空木，妳要不要考慮嫁給他？」

空木沒想到主人會提這種事，太過驚訝了，沒有當場回答。忙完府內所有事後，她才靜下來仔細思考，最後決定答應這件婚事，因為這是大臣大人對她的一番心意。

而且，彰子也嫁入了宮中，這正是最好的時機。

「今後我會盡我所能，為伊予國效力。」

儘管下定了這樣的決心，還是有失落感，因為東三条府是她度過大半人生的地方。要離開這裡去陌生的遠處，有期待、有喜悅，還有些許不安。

倫子察覺到她的心思，握住她的手說：

「妳什麼都不用擔心。我非常清楚，妳這雙手把我心愛的女兒照顧得多麼好。不管對任何人，我都可以抬頭挺胸地說，妳真的是非常優秀的侍女。」

「夫人……」空木只叫了這麼一聲，就說不出話來了。

倫子的手好溫暖，讓她想起小時候就已經往生的母親的溫情。

她低著頭，肩膀不停地顫抖。向來把她當成女兒的倫子一再對她說：

「這段時間真的謝謝妳了，妳一定要幸福哦……」

水鏡消失了。

昌浩許久都說不出話來。

對昌浩來說，空木是特別嚴厲又囉唆的侍女。昌浩對她的記憶，只有她老是用冷峻的眼神瞪著他看。

「原來如此，道長想得真周到。」

玄武的表情充滿感嘆，昌浩用眼神問他為什麼？六合簡短回答說：

《這麼做是為了隱瞞入宮那位小姐的真正身分。》

「……？」

看昌浩還是滿臉狐疑，玄武又補充說：「除了道長與夫人之外，最接近彰子小姐的人，就是那個叫空木的侍女吧？所以她很可能發現入宮的藤壺女御不是彰子小姐。」

「啊……！」

「這是解決隱憂的必要手段吧？伊予國很遠。」

把她嫁到遠處，就可以除去心頭大患了。

昌浩望向空木所在的主屋。

這是道長的政治謀略之一，因此要把空木送去遠離京城的伊予國。

但昌浩思考了一會，又搖搖頭說：「一定不只是因為這樣。」

玄武與六合驚訝地看著他。

昌浩也回看他們，笑著說：「因為她一直是盡心盡力在照顧彰子，所以道長也希望她能得到幸福。換了是我，一定會這麼想。」

而彰子一定也是這麼想。

衷心期盼被自己蒙在鼓裡、像姊姊一樣的侍女，今後可以永遠幸福。

「希望將成為她丈夫的人會是個好人，我要把這件事告訴彰子。」

跑得身輕如燕、感覺毫無重量的小怪忽然看到什麼，停下了腳步，機靈的雙眼東張西望，露出嚴肅的表情。「……不是這邊嗎……？」可是又覺得是這邊沒錯。

蹬蹬蹬走著的小怪不悅地叨唸著。

它有自己是式的自覺，也知道自己是在偶然的狀態下產生的式，遠遠脫離了半吊子陰陽師原來的目標。

「他要馬上重變，那就重變，我也沒意見。可是還沒做什麼就又把式變不見，好像有點浪費。而且昌浩也不是說重變就可以輕輕鬆鬆重變，要變出一個式，也要消耗靈力。」

小怪是憑自己的想法，為變出自己的陰陽師設想。

然而，昌浩是什麼都不想做，只想直接把它變不見。在這方面，小怪的想法似乎與昌浩有微妙的出入。

這樣的想法，可能就是遠遠脫離目標所產生的分歧。

小怪啪答啪答甩動尾巴，伸長脖子注視著黑暗。

「呃，會是那邊嗎？可是，想不通耶！昌浩為什麼沒來找我呢？」

明明是自己走向安倍家就好了，可是不知道為什麼，小怪就是沒有一絲絲這樣的想法，這也是一種缺失吧！

「昌浩知道的地方、昌浩知道的地方……呃，是那邊吧？」

小怪自顧自點著頭，直直往北方跑去。

留在異界的神將青龍受晴明召喚，在人界現身。「怎麼了？晴明。」

一如往常擺著一張臭臉的青龍斜瞪著主人。

他的十二神將同袍們，也有好幾個圍在晴明身旁。

看到他們，青龍的眉頭皺得更深了。

晴明假裝沒看見，掃視他們一圈。

「青龍、朱雀、天一、勾陣。」

四人都挺直了背。老練的陰陽師用扇子搔著太陽穴說：

「有件好玩……呃，訂正，是有件麻煩事。對不起，可不可以麻煩你們去找紅蓮……啊，不對，是去找紅蓮變身後的異形。」

青龍一聽到紅蓮的名字，眼神就增加了三倍的不悅。

不管晴明的話說完了沒有，他立刻短短回了一句：「我拒絕。」

4

「果然不出所料。」晴明在心中暗自嘟囔著，低聲埋怨說：「拒絕得這麼快，有點傷人呢！」

青龍不理主人裝出傷心模樣說的話，轉過身去。「如果只有這件事，我要回異界了。」

「啊，喂、喂，等一下。」

青龍不發一語，回頭看著主人。不，是瞪，不是看。

我的確是十二神將的主人吧？晴明在心中這麼嘀咕著，嘆了一口氣。

「聽我說，宵藍，紅蓮模樣的異形……不、不對，是外表跟變成異形模樣時的紅蓮一模一樣的式，不知道跑去哪裡了。我是拜託你去找它，不是去找那個紅蓮。」

話中動不動就提到紅蓮，青龍的臉色更難看了。

朱雀趕緊居中協調。「喂，青龍，這可是晴明的請託呢！聽從指示是我們的職責吧？」

「我也這麼認為，青龍。而且若丟著這件事不管，會引發不必要的混亂，說不定會逼得晴明大人非親自出動不可……」

天一顯得很擔心，朱雀對她點點頭，露出別人絕對看不到的最高級微笑。

「沒錯，我的天貴說得對極了。啊，天貴，那麼擔憂的表情會使妳的美貌蒙上陰影。妳不用擔心，交給我來處理吧！一、兩個騰蛇算什麼，它敢抵抗，我就給它一把火，馬上解決它。不過是個式，就算失手把它燒死了也沒關係吧？放心，小事一樁。」

滿臉笑容的朱雀注視著天一，豪邁地說出一長串的狠話。

勾陣合抱雙臂，默默往天花板看了一眼。那個當事人紅蓮就在晴明房間的屋頂上，當然全都聽見了。勾陣想像著他鬱悶的表情，在嘴裡唸唸有詞，微微聳了聳肩膀。

「對了，晴明，不用找白虎跟太陰來嗎？」

要搜索的話，人愈多愈有利，尤其是兩名風將，行動可以更靈活。

晴明面有難色地看著勾陣，低聲說：「我召喚了他們，可是……」

✖ ✖ ✖

纏繞著清風飄然落地的太陰把手揹在背後，微傾著頭說：「什麼事？」

身軀壯碩的白虎在她旁邊現身。

沒什麼大事，在異界悠哉閒晃時，接到了主人的召喚。

「怎麼了？晴明。」

好幾個神將圍在晴明身旁等候指示。若不是什麼緊急狀況，應該有青龍、玄武、六合在就夠了。難道發生了什麼光他們無法應付的事嗎？

正襟危坐的老人點點頭說：「嗯，老實說這件事有點棘手，我要你們去找紅蓮……」

說到這裡，太陰的肩膀就抖動了一下。

晴明沒有注意到，又繼續修正說：「啊，不是紅蓮，是去找紅蓮變身後的白色異形。」

太陰眼睛眨也不眨地看著晴明好一會才開口說：「騰蛇？」

「嗯，紅蓮平常……」

太陰立刻打斷晴明的話，睜大眼睛說：「是那個騰蛇吧？要去找騰蛇？誰去找？」

「妳跟白虎兩人……」

白虎有些為難地看著主人與同袍。

太陰頓時臉色發白。「啊？欸？我嗎？不要、不要、不要、不要、不要，絕不要——！」

一口氣說了好幾個不要後，太陰就如脫兔般一溜煙逃走了。

白虎的大手一把抓住了她纖細的肩膀。

「喂，太陰，等一下。妳不聽理由，只因為跟騰蛇有關就斷然拒絕，這件事我怎麼樣都不能不管，妳給我坐下來。啊，算了，在這裡沒辦法好好說話，我們回去吧！太陰。」

把太陰扛在肩上以防她跑走的白虎，說完後就骨碌轉身不見了。

「啊……」被留下來的晴明，往前伸出去的手在半空中徘徊，無可奈何地嘆了一口氣。

✦ ✦ ✦

「所以，現在白虎正在對太陰說教。」

「原來如此……」

了解事情經過的勾陣點點頭，結束了這個話題。想必白虎和太陰正在異界「促膝長談」吧！

勾陣又朝著天花板看了一眼。不用想也知道，紅蓮原本就難看的臉色一定變得更難看了。既然這樣，就回異界待著嘛！勾陣在心中這麼嘀咕著。

響起擊掌的聲音，所有目光都轉向晴明。「總之我希望今晚解決這件事，這是命令。」

青龍挑起了眉毛。面對他兇狠的目光，晴明絲毫不為所動。這種事習慣就好、習慣就好。

「麻煩朱雀和天一去廣澤池找，青龍去貴船找。」

「你是說貴船？」青龍冷冷反問，晴明點頭說是的。

沒辦法，這是命令，青龍只能百般不情願地咂咂舌，然後轉身不見了。

朱雀和天一也向晴明行個禮，展開了行動。

被留下來的勾陣靜待指示。

「至於妳，勾陣……」

「嗯。」

「妳去……」

走出東三条府後，昌浩從星星的位置算出目前的時間，煩惱地抱住了頭。

「唔，花了不少時間。沒辦法，我們兵分兩路吧！」

昌浩用手指吹聲口哨，沒多久就從遠處傳來了輪子的聲響。

等車之輔到，昌浩就對六合與玄武說：「我去巨椋池找，六合、玄武你們……」

「騰蛇把你交給了我。」六合平靜地插嘴。

玄武聽到這句話，就指著北方說：「那麼，我去貴船吧！」

「嗯，拜託你了。」昌浩跳上了車之輔。

玄武對他點點頭，與他們告別，便一路奔向了貴船山。

冬天的貴船杳無人跡。雪還沒開始下，但風冷得刺骨。

「如果是人類，會覺得很冷吧！」
以神腳奔馳的玄武，很快就到達了貴船，大氣都沒喘一下。
跟昌浩在一起時，就要配合昌浩的腳程。以人類的速度，再怎麼努力也有限，昌浩召喚車之輔是明智之舉。
「到巨椋池很遠呢！」
與窮奇的最後一戰，昌浩也是叫來那輛妖車，請妖車送他去。⑦
「那個妖怪其貌不揚，看起來很可怕，卻是個不知道為什麼非常親人又心地善良的異形。是昌浩特別吸引妖怪呢？還是他看起來好親近？」
針對這一點，晴明可能會說「這就是我安倍晴明獨一無二的接班人」。
京城裡的小妖們總是為所欲為，肆無忌憚，昌浩真的很生氣，卻絕對不會降伏它們，這就是昌浩的作風。很好的個性。
自顧自嗯嗯點著頭的玄武，眨眨眼睛抬起頭。
要趕快找到小怪才行。
不知道是不是真的在這裡，就算不在，也要確定真的不在才能回去。
外表是騰蛇變身後的模樣，應該還可以矇混一段時間，但一被發現只是一般的紙張與頭髮變出來的，事情就嚴重了。絕對要避免這種狀況。

「被變形怪或妖怪取得幾萬分之一的騰蛇的通天力量，後果將不堪設想。」

連同袍玄武都覺得騰蛇的力量很可怕。

玄武沿著昌浩和小怪以前走過的路，小心翼翼地往前走，忽然察覺到同袍的氣息，倒抽了一口氣。「這是……」鬥將的通天力量。

氣息來自與正殿相反的方位，玄武拔腿奔向那裡。

「是青龍與……式？」

存在著兩道神氣。一道只有微弱的力量波動，另一道是酷烈的神氣，只是沒有騰蛇那麼強。

來到貴船山腰的空曠處，定睛一看，就看到全身冒著鬥氣的青龍正注視著某一點。

玄武循著他的視線望過去，低聲叫了一聲「啊」。

「是式……！」

式的一雙大眼睛驚慌地瞪著青龍。與式對峙的青龍，放射出非比尋常的通天力量。

玄武不由得停下腳步。那種氣氛教他難以接近，可能的話，他甚至想轉身離開，假裝什麼都沒看見。

「不行、不行。」玄武甩甩頭，告訴自己不可以。一定是晴明也下了命令，要青龍來找式，要不然青龍不會特地來這種地方。

「喂，青……」玄武正出聲叫喚，頓時張口結舌。

看著小怪好一會之後，青龍緩緩舉起了手。「剛碎破！」

鬥將青龍一聲怒吼，使出了渾身力量一擊，把大岩石都擊得粉碎。

玄武全身僵硬，伸出去的手停在半空中。小怪在他面前奮力躲過攻擊，狠狠地瞪著青龍。「幹嘛突襲我！」

青龍還是不甘心地咬牙切齒，又集中了通天之力發出攻　。

瞬間塵土飛揚，沙煙彌漫，小怪在變得迷濛的視野中四處逃竄。

「哇！喂，神將！你到底跟我有什麼仇？」

「我跟你沒仇，只是不喜歡你那個外形！不要動！」

小怪跟玄武都一臉茫然，但青龍還是毫不留情地發動攻擊。

「開、開什麼玩笑！哇！可惡，既然這樣……」

響起尖銳的吼叫聲，從小怪全身迸出了鮮紅色的鬥氣。

青龍瞬間停止攻擊。小怪趁這時候，像脫兔般逃之夭夭。

「啊……」來不及反應的玄武，眼睜睜看著小怪從自己身旁跑過去，然後戰戰兢兢地把視線移回到青龍身上。

獵捕行動徹底失敗的青龍，無限懊悔地低聲咒罵：「可惡……這是難得的機會啊！」

玄武望著青龍的背影，喃喃自語著：等等，青龍，那只是擁有騰蛇變身後外形的式，不是騰蛇本人啊！

「不對……應該說，對同袍展現這麼明顯的敵意、隔閡、鬥志，很容易招來不必要的誤解，應該有點分寸吧？恕我僭越，我真的這麼想……」

不願坦承是「殺氣」的玄武，把這個名詞轉換成其他各種名詞，企圖騙過自己。

貴船祭神因為被突然來訪的客人攪亂寂靜，心情非常惡劣，所以玄武和青龍後來都被祂無言的惱怒，以及魄力滿點的神氣震住了。

乘著車之輔來到巨椋池的昌浩與六合，先下車察看四周有沒有小怪的身影。

「也不在這裡呢……」昌浩望向北方，半瞇著眼睛說：「貴船呢？有沒有找到它呢？」

六合現身站在水池邊，望著水面。「如果有什麼線索，玄武會透過水告訴我們。」

「說得也是，他是水將。」

六合默默地點點頭，環視周遭。

前些日子的生死鬥已經不留痕跡，只有水減少了一些。

那些堆積如山的異邦妖魔的大量屍體，到底都到哪裡去了？

忽然想到這件事，讓六合皺起了眉頭。另一件事閃過他的腦海。

在東山出沒的魔狼群，餓著肚子出來覓食，怎麼會撤退得那麼乾脆？

「總不會是……」深色的靈布掀動了一下，六合希望是自己猜錯了。為了謹慎起見，他心想回去後一定要向晴明報告這件事。

昌浩踩過已經乾枯變色的草叢，在附近搜尋，這時深深嘆了一口氣。

「跑去哪裡了嘛……」

他再也想不出其他小怪可能去的地方了。

「跟小怪一起去過的地方、一起去過的地方……」

在安倍家等待的紅蓮說不定知道其他地方。

「車之輔，可以沿著巨椋池繞一圈嗎？如果這樣還是找不到小怪，就載我回家。」

豪爽的妖車嘎吱嘎吱搖晃車轅，垂下了眼角，一副欣然答應的樣子。

昌浩輕輕拍著直徑比自己還高的車輪，眼神非常溫和。「謝謝，每次都麻煩你。」

聽到昌浩這麼說，車之輔用人類絕對聽不見的聲音回應：

《沒什麼、沒什麼，只要是在下幫得上忙的事，請儘管交代。》

星星出來了。

「啊，真是萬里無雲的美好夜空呢，對吧？晴明。」

「是啊。」

站在最靠近屋簷盡頭的外廊上，晴明苦笑著回應，帶點敷衍的意味。

「你孫子到底什麼時候才會回來呢？晴明。」

「找到式才會回來吧！」

「那麼，什麼時候才會找到那個式呢？晴明。」

「很難說，這我就不知道了。我大約鎖定了幾個地方，請宵藍、朱雀和勾陣他們去幫忙找了。」

這時候，屋頂上的紅蓮露出厭惡的表情說：「那個青龍也去了？」

「不要說得那麼厭惡。」

「沒辦法，聽到你那麼說，我就覺得厭惡。」

「又說這種話……你們兩個怎麼會這麼……」

忽然有神氣在屋頂降落。

「咦？」

伸長脖子看的晴明當然看不見。

在屋頂降落的勾陣，把白色東西丟在紅蓮面前。

「……」

紅蓮目不轉睛地盯著那東西。

小怪氣嘟嘟地斜瞪著勾陣，一臉正經地說：

「你們要怎樣都行，就是不要把我往地上丟嘛！丟傷了怎麼辦？」

勾陣聳聳肩，苦笑著說：「從來沒聽說過式會受傷呢！」

「那麼，我就成為史上第一個受傷的式給妳看！不、不對，我不是要說這個！聽著，神將，妳給我坐下，我要好好教訓妳……哇，幹什麼？」

紅蓮再也聽不下去了，他抓住小怪，讓它閉上了嘴巴。

小怪拳打腳踢地掙扎著，紅蓮毫不費力地壓住它，抬頭看著勾陣說：

「妳在哪裡找到的？」

被紅蓮抓住的小怪在嘴裡嘟囔著什麼，好像是氣呼呼地叫著「不要說」。

紅蓮不理它。

勾陣微傾著頭說：「啊，在晴明占卜出來的地方。」

「哪裡？」

勾陣望向了遠方。

勾陣來到晴明指示的地點，沉著地環視周遭。

式去的地方，都是昌浩和小怪一起去過的地方：東三条府、貴船山、巨椋池。

除此之外，他們還一起去過其他好幾個地點。

可是昌浩在那些地方都沒找到式，再也想不出任何線索了。

沒多久，勾陣的視線倏地往上移，就在這時候，白色異形噗通掉下來。

勾陣發現了，轉身看著它。痛得快受不了的小怪不高興地說：「妳看什麼看！」

勾陣低頭看著怒目橫眉的小怪，露出苦笑，抓住了它的白色脖子。

「在京城郊外的大柏木樹下。」

紅蓮微微張大眼睛，顯得很驚訝。

經過一番拳打腳踢奮力掙扎，小怪似乎死了心，安靜下來了。

勾陣覺得很有趣，低頭看看它，然後轉身說：「我已經完成晴明的命令，要回異界了。」

「哦……」

勾陣的身影一不見，神氣就跟著消失了。

紅蓮大大吐了一口氣。

原來不在東三条府，也不在貴船、巨椋池，而是在那棵大柏木樹下。⑧

感覺是很久以前的事了。其實還不到一年，卻有種錯覺，好像度過了漫長的時光，漫長得驚人。

跟昌浩在一起的日子總是波瀾壯闊。

紅蓮淡淡一笑，站了起來。

「喂，晴明。」

到了家門口，昌浩從車之輔下來，聽到夜晚不該有的振翅聲，便反射性地仰起頭。

都是黑夜了，竟然有隻白鳥直直往自己飛來，昌浩眉間立刻蹙起一條皺紋。

鳥在注視中變成一張白紙，昌浩眉間的皺紋更多條了。

他抓住翩然飄落的紙張，閱讀紙上的文字。一如往常，上面的字寫得很漂亮，漂亮得過分。不但眉頭深鎖還兩眼發直的昌浩，把嘴巴撇成ㄟ字形，默默唸著文字。紙上寫著：

像無頭蒼蠅般到處跑，靠自己的腳去找，並不是壞事。但是、但是、但是，看情形有時更需要臨機應變。我說昌浩，你沒有想過要回到陰陽師的基本面嗎？

「哦哦，所以呢？」昌浩發出陰森慘澹的聲音。

隱形注視著昌浩的六合，看到玄武飛回來，訝異地問：

《玄武，你怎麼了？臉色這麼差。》

《……我好像看到青龍和騰蛇之間的仇恨有多深……》

《是嗎？……》

向來沉默又面無表情的六合很聰明，沒再講下去，避開了這個話題。

在他們面前的昌浩緊緊握著紙張。

你連觀星、式盤占卜都沒做，就橫衝直撞。今晚，爺爺要給你這麼一句話——最重要的是起點。

By 晴明

「嗄——？」昌浩不由得發出詫異的驚叫聲，滿臉疑惑的他百思不解地偏著頭。

「啊？」

「哦，回來了、回來了，喂，昌浩！」

終於變回小怪模樣而鬆了口氣的紅連，邊搖著長長的尾巴，邊慢條斯理地走向昌浩。

小怪的陰陽講座

④窮奇創造的異空間、跟妖怪對峙的破房子、被摧毀的宅院以及彰子的表姊（名叫圭子）……這些內容都在《少年陰陽師》窮奇篇，從《異邦的妖影》、《黑暗的呪縛》看到《鏡子的牢籠》，你就明白囉！

⑤裳著之禮又稱為「笄（ㄐㄧ）簪子禮」，這是日本古代的女子成年禮，當時十五歲就可算成年了。

⑥伊予守是伊予國的管理者。伊予國是現在的日本愛媛縣。

⑦詳細內容請看《少年陰陽師》第三集《鏡子的牢籠》，高潮迭起的第十二章！

⑧那棵大柏木樹就是當初昌浩跟小怪相遇的樹哦！趕快翻開《少年陰陽師》第八集《夢的鎮魂歌》，這本短篇集中的第一個故事〈吹散記憶迷霧〉裡，有好玩的來龍去脈！

微不足道的小日子

住在京城的小妖們，有個小秘密。

＊＊＊

一如往常，三三五五聚在一起嬉鬧玩樂的小妖們，在沒人的宅院裡休息。

這裡是過年時，彰子住過的地方。⑨

那時候做過大掃除，所以原本整棟都很髒的建築物煥然一新。但是已經過了一段時間，房屋的角落又積起了灰塵。

「還是弄乾淨比較舒服。」猿鬼看看屋內，站起來說：「決定了，從現在起，我們定期輪流打掃。」

各自躺著睡覺的小妖們都張大眼睛看著猿鬼。

「一直以來，我們什麼都沒做啊！你是怎麼了？阿猿。」

看起來像節足動物，被同伴們稱為「蚰丸」的小妖驚訝地問。

猿鬼、獨角鬼、龍鬼，這些名字都是彰子取的。不知道為什麼，那個女孩竟然無意識地叫出了同伴們平常叫喚的名字。

小妖們都知道，人類的聲音有言靈。

它們對人類的觀察，遠勝過人類本身。

取得人類言靈的名字，必須好好珍惜。所以，小妖們稍微改變了對它們三個的稱呼。人類不知道小妖們這麼用心。被人類統稱為「小妖」的它們，也都擁有自己的專有名字。

叫喚猿鬼、獨角鬼、龍鬼等名字的女孩，總是平等對待小妖們。不會因為它們是妖怪，就討厭、害怕它們，用面對人類的眼神來看小妖們，所以它們都很喜歡那個女孩。

「小姐還有可能來這裡，對吧？我們丟著不管，到時候不是很沒面子嗎？」

「說得也是。」獨角鬼點點頭，環視屋內一圈說：「嗯，沒錯，的確是。」

據說房子沒人住，朽壞得特別快。正確來說，這裡不算沒人住，可是妖怪是類似空氣的存在，所以即使住在這裡，也起不了人類般的作用。

「在灰塵上留下腳印也很好玩，可是，還是打掃乾淨比較舒服。」

喜歡在地上趴躂趴躂大步走、故意留下腳印的龍鬼，也不討厭一塵不染的地板。整潔清爽的地板，還是比粗糙、不光滑的地板舒服。

「可是那次是大家一起打掃，所以一天就打掃完了。不那樣的話，妖手不夠，恐怕要花好幾天的時間吧？」

「既然這樣，就不要輪流打掃，大家每個月一起來打掃一次吧？」

你一言我一語的是兩隻大青蛙，分別是熊蛙、寅蛙，但幾乎沒有小妖這樣叫它們。

「喲，熊說得真好。」

這麼起鬨的小妖有兩根角，長得很像猿。與猿鬼的區別，在於沒頭髮、角的根數不同。小妖們都叫它阿猴。

「寅也說得很好，就這麼辦、就這麼辦。」

大牙把嘴巴張大到占滿整張臉，笑得牙齒嘎吱嘎吱響。

鸕鳥骨碌骨碌轉動沒有眼珠的黑眼睛，拍拍翅膀說：「那麼，我去把大家叫來。」

鸕鳥啪答啪答地振翅離開，才剛用翅膀靈活地打開木門，就聽到不知道從哪裡傳來的音樂聲，是笙的聲音。

所有小妖都豎起耳朵聽。

「喲？」

仔細聽，還有什麼聲音來自屋頂上，與笙的音樂相配合。

闇魅聽了一會，啊地叫了一聲，甩甩尾巴說：「是舞方！」

「啊，是嗎？」

小妖們開心地衝出房間，爬到屋頂上。

配合音樂正咚咚踩著屋頂、高高舉起鐮刀的螳螂，靜止不動了。

「咦，怎麼了？舞方。喂，阿笙，等一下。」從鏡子邊緣長出手腳的付喪⑩大叔問剛才還跳得很起勁的螳螂：「付喪笙的聲音並沒有卡住啊！舞方，你有什麼不滿意呢？」

跟人類差不多高的螳螂，在眾小妖當中屬於「高大型」。

「吱吱。」

這隻螳螂跟其他小妖們不一樣，不能說話，但是可以從它的吱吱叫聲中聽出意思，所以沒什麼不方便。

被稱為「舞方」的螳螂揮著前腳的兩隻鐮刀，仰頭望著天空。夜幕低垂的天空，塗滿了藍色的顏料，暗到這種程度，螳螂的天敵大伯勞鳥應該不會來攻擊了。

一直為舞方配樂的樂妖「付喪笙」，跟大叔一樣伸出腳，小碎步跑向螳螂。

「怎麼了？舞方，不喜歡我的笙的音樂嗎？」

「吱、吱吱吱、吱吱、吱吱吱、吱吱吱。」

口譯：沒那種事，不是那樣的，我只是覺得這樣的鐮刀角度不夠嚴謹，所以，不好意思，麻煩你再從第一小節開始。

付喪笙鬆了一口氣說：「是這樣啊？那麼我還要再精益求精，才能配合你的要求來吹奏。」

「吱、吱吱、吱吱。」

口譯：不勝感激，那麼，請再吹一次。

「知道了。」

笙行個禮、就定位，又吹起了樂聲。

付喪大叔用枯枝般的手，抓撓著鏡子邊緣。

「原來舞方對自己的要求這麼嚴格啊！」

螳螂配合笙的音樂，又優雅地跳起舞來。

正在吹奏音樂的笙，是前些日子剛進化成付喪神的古老樂器，每天都很努力融入小妖們的圈子。

它自願替螳螂吹奏音樂，是為了感謝螳螂溫馨地迎接它加入它們。

對器物來說，變成付喪神是「進化」，對人類來說卻是「威脅」。

「我並不會害他們啊！」

只是會偶爾動起來嚇嚇他們，或是在黑暗中亂跑威脅他們，或是拉開適當的距離追逐嚇得發抖的他們，或是大鬧倉庫困擾他們。

「我頂多只會這麼做，完全無害啊！」

如果那個老是被它們壓著玩的人類男孩聽見大叔這番滔滔不絕的話，一定會衝出來說「我反對」。

其他小妖們陸陸續續聚集在大叔背後。

「哦，在跳了、在跳了。」

付喪鏡怕聚集在它後面的小妖們打攪到舞方與笙，瞄了它們一眼。

「你們什麼時候有這種雅興了？」

這是好事。以前大叔把人類風雅的遊戲和藝能映在鏡面給它們看，它們也只會說很無聊，跑得一個不剩，現在居然對螳螂的舞蹈產生了興趣。

「很好、很好。」

大叔感嘆地點著頭，熊蛙和寅蛙同時對它揮著前腳說：「不是、不是。」

被兩隻蛙異口同聲否決，大叔差點跌倒。

「什麼？」

「是因為螳螂的舞跳成功後，我們就有藉口去找小姐了。」魑鳥說。

大牙接著說：「沒有藉口，晴明和孫子就會這樣把眼角吊起來。」

大牙沒有眼睛，所以用嘴巴代替眼睛，把嘴角吊起來。

「沒錯，他們生起氣來很可怕。」

闇鼬笑得很開心，還不停搖著尾巴。在它後面的阿猴猛然抬起了頭。

「咦？」

所有小妖都跟著抬頭。

有個衣服和頭髮都迎風翻騰的女孩，飄浮在星星閃爍的夜空中。

「啊。」

兩隻蛙同時指向她，獨角鬼和龍鬼大叫說：「小個兒式神！」

被稱為「小個兒式神的當事人」不高興地挑起眉毛。

「它們叫誰小個兒?!」

「當然是妳啦，太陰，小妖們只是陳述事實。」

「那你也是小個兒啊，玄武！」

「我又沒否認。」

小妖們眨了眨眼睛。

因為融入了黑暗中，小妖們沒看到風將附近還有另一個式神。

突然出現兩名式神，驚訝的舞方和笙都停止了練習，好奇地仰望天空。

風勢猛然增強，嬌小的獨角鬼被吹得東倒西歪，從屋頂滾下來，差點摔落地面，幸虧被一直躲在屋簷下的身影穩穩接住了。

「啊，老爹。」

「你在這裡啊？」

「什麼時候搬來的？」

同胞們爭相詢問。蜘蛛老爹在回答它們之前，先快步爬上屋頂，從八隻腳中的其中一對腳把獨角鬼放下來。

「謝謝你，老爹。」

「不要做這麼危險的事嘛！你們這些小不點。」蜘蛛老爹用毛茸茸的腳搔著身體，關心地說：「幸虧有我在，不然那樣摔下去，妖怪也會痛啊！笨蛋。」

蜘蛛老爹說話很毒，個性卻很豪邁，是從東國流浪到京城的旅人，經常換地方結網。

「我說過，你們這樣亂跑亂跳，萬一卡在我的蜘蛛網上，很可能被我糊里糊塗地吃下去，小心點嘛，小不點們。」

看到蜘蛛老爹說得那麼粗暴，獨角鬼和龍鬼相視而笑。

「你們笑什麼？」蜘蛛老爹有點生氣。

同樣在笑的鸕鳥和百目⑪對蜘蛛老爹說：

「每次我們誤闖老爹的巢，老爹都是邊說教邊放走我們啊！」

「而且我們說想要蜘蛛絲，老爹也會邊嘀咕說你們這些小不點要我的蜘蛛絲幹嘛，邊把蜘蛛絲交給我們。」

「老爹的蜘蛛絲又堅固又有彈性，很有用呢！」
熊蛙和寅蛙異口同聲地說，大家也點頭應和。
粗暴的語調可能是東國的特色吧！蜘蛛老爹其實是感情豐富、心地善良的老爹。
「你們真無聊！」
蜘蛛老爹彆扭地望向遠處，但罵歸罵，卻還是不離開現場。
太陰和玄武從高處看著它們，感慨頗深地說：「小妖們都很有個性呢！」
「嗯，我同意。」
十二神將自從以晴明的式神身分在這裡現身的機會增加後，看到不少以前從來沒注意過的脆弱小妖們的生活狀況。
年輕時的晴明，曾經看著隨便闖入家中嬉戲笑鬧的小妖們說：
——人類不知道，被統稱為小妖的它們，有各自的名字，還有各自不同的思考與生活方式。人類也不曾想過，它們是跟自己幾乎一樣的生命。
「與其被當成政治道具活著，還不如過小妖們那樣的生活，自由多了。」
很不情願因靈力強大而被大貴族們當成棋子的陰陽師晴明，苦笑著這麼說過。
「年輕時候的晴明也很熱情呢！」
「也很衝動、鹵莽。」

想起當年的事，太陰和玄武都滿懷感慨。

「對了，小個兒式神們，你們來做什麼？」

猿鬼一發問，太陰就齜牙咧嘴地說：「再叫我小個兒，我就用龍捲風把你們吹走！」

說完就颳起了風。小妖們輕聲尖叫，全都縮在一起了。

太陰正要接著罵時，在黑暗中也十分耀眼的金色髮絲在她眼前飄落。

「妳在做什麼？太陰。」

天一身上纏繞著性質與太陰完全不同的風，站在中間隔開太陰與小妖們。

飄然降落在她身旁的朱雀也雙手扠腰，受不了地說：

「你們遲遲不回來，彰子小姐很擔心呢！怕派你們來太勉強你們了。」

龍鬼悄悄走到天一的衣襬附近，歪著頭說：

「小姐怎麼了嗎？我們正想等一下去看看她呢……」

「嗯？」

腳下突然有聲音，朱雀無意識地移動了腳。

「哇！」

差點被壯碩的神將踩扁的龍鬼慌忙向後退。

「好險，小心一點嘛，式神！」

「啊，這點我抱歉，但是我不准任何人碰我的天貴的衣服。喂，那隻再退後一點。」

對迎風飄搖的衣服大感興趣而伸出腳想摸摸看的蜘蛛老爹，不高興地回嘴：

「什麼嘛，摸一下有什麼關係？又不會少一塊。」

「這不是會不會少一塊的問題。如果你這麼想摸，就去井裡淨身十次，再來取得我的同意。」

「哦，這麼做你就會同意嗎？」

把朱雀的話當成挑釁的蜘蛛老爹，不服輸地頂了回去，朱雀很乾脆地回它說：

「當然不可能同意，我只是告訴你要有這種程度的心理準備。」

「什、什、什麼！」

蜘蛛老爹氣得差點把腳伸出來，被魑鳥、闇魎、熊蛙和寅蛙用力拉住了。

小妖們大叫著：「不可以啊，老爹，對方可是式神呢！轉眼間就會把你燒焦，連灰都不剩，不，會把你砍得支離破碎。老爹，你死了，我們會很寂寞啊！你被殺了，我們會很傷心啊！」邊說邊奮力纏住蜘蛛老爹的八隻腳和身體。

蜘蛛老爹哭著對它們說：「放開我，我雖然是個浪人，也有我的自尊，現在不行動的話，就枉為男人了，起碼、起碼要保住武士的一點情操，可惡的式神，你給我記住！」

天一就在這樣的畫面前，平靜地教訓著太陰。

「小姐非常擔心，還派白虎用風送我們來呢！太陰，回去後，要先向彰子小姐道歉哦！還有，小姐交代的事辦好了嗎？」

這時候玄武舉起一隻手發言。

「對不起，還沒辦好。小妖們太好玩，害我們忘了辦正事。」

玄武沮喪地垂下頭，朱雀輕敲他的頭，帶著嘆息說：「我就知道會這樣，喂，你！」

被叫到的是從頭到尾都只在一旁觀看的付喪大叔，它搖搖晃晃地走過去說：

「什麼事？年輕人。」

「……」

式神們不由得互看對方。他們四個看起來像小孩、年輕人，卻很清楚自己活過的歲數遠超過這個付喪大叔，所以一時不知道怎麼回應。

「我問你什麼事啊？我們也很忙呢，有事就長話短說。」

「嗯，我會的。」好不容易才打起精神的玄武看著小妖們說：「小姐請你們去一趟。」

還是老樣子，被晴明派去京城郊外降伏妖魔的昌浩，在激戰中突然發出瘋狂的叫聲。

「啊?!」

單輪車趁這時候往前衝。

「唔哇！」

昌浩反應不過來，就快被輾斃時，鬥氣在他面前炸開了。

一眨眼就變回原貌的紅蓮從正面擋住了單輪車，響起激烈的衝撞聲。

「臭小子……」

低聲咒罵的紅蓮使出渾身力量，把單輪車拋飛出去。

紅蓮放出來的火蛇，又毫不留情地襲向了摔得震天價響的車子。

單輪車看情勢不對，立刻跳起來，一溜煙逃走了。

「不要跑！」

紅蓮的怒吼聲震響，可是單輪車已經跑到火蛇燒不到的地方了。

懊惱得咬牙切齒的紅蓮，轉頭對昌浩說：「戰鬥中不要分心嘛！」

挨罵了。昌浩縮起脖子，搔著頭站起來說：「對不起，我以後會小心。」

「拜託你一定要小心，那一瞬間可能就沒命了。」

紅蓮用拳頭咚地敲了一下昌浩的頭。有點痛，但想到避開了差點發生的慘事，就覺得不算什麼了。

高大的身軀，眨眼間變成了嬌小的怪物模樣。白色怪物沒有助跑，直接跳上了昌浩的肩膀。

「你幹嘛突然叫那麼大聲？」

「啊，嗯。」

昌浩正環視周遭時，隱形的勾陣現身了。

「勾！」

十二神將中的第二強鬥將，直視著怒氣未退的夕陽色眼睛說：

「是我害昌浩分了神，你不要太責怪他。」

「怎麼回事？」

勾陣把視線從狐疑的小怪身上轉向昌浩，道歉說：「嚇著你了，對不起。」

「不會，沒關係，有事嗎？」昌浩困惑地問。

「彰子為什麼把小妖們都叫來家裡了？」

聽到這句話，連小怪都瞪大了眼睛。

「啊？」

彰子走到安倍家的庭院，拚命挺直背，望向比自己高出許多的圍牆外。

在自家範圍內不會有危險，但是，這個時代隨時都可能發生什麼事。

「宵藍、六合。」

在老人身旁待命的兩名神將現身了。

「在昌浩回來之前，麻煩你們跟著小姐。」

「距離這麼近，不會有危險吧？」

「嗯，是這樣沒錯，不過還是小心為上。」

「除了你的結界外，還有這片土地本身的力量，不需要小心什麼。」

晴明嘆口氣說：「我知道了、我知道了，不用跟在她身邊，從屋頂上看著她就行了。」

青龍咂咂舌便隱形了。氣息瞬間消失，所以應該是聽從了晴明的指示。

在一旁靜觀的六合這才開口問：「小姐在做什麼？」

「嗯，」晴明露出好爺爺的笑容，用柏扇敲敲自己的肩膀說：「她是想請小妖們吃零食，謝謝它們過年時對她的照顧，雖然晚了一些。」

六合也微微瞪大了眼睛。

「她還真是……」

「就是啊，這麼說也許很失禮，可是，」老人稍作停頓，接著用非常慈祥的眼神看著庭院裡的女孩說：「她真的很有趣呢！」

「是啊……」

風沒有嚴冬時那麼冷，但還是很冷。到了半夜，就更冷了。

雖然披著外褂還是很冷，可是彰子覺得把小妖請來，自己卻待在屋內，有失禮節，所以一直待在外面。

「不知道太陰和玄武怎麼樣了……」

包在紙裡的水果乾，是她今天早上去市場買的。

有很多小妖，她怕分不夠，所以準備了雙手才抱得動的數量。

也有昌浩喜歡的杏子乾。不久前從市場帶回來的胡桃也還沒吃，可以請玄武他們把這些胡桃也敲開。

「不知道大家會不會喜歡杏子乾和胡桃呢？」

彰子最擔心的是，小妖們的味覺不知道跟人類一不一樣。

小妖們並不是什麼可怕的存在。

它們總是熱絡地叫著「小姐、小姐」，彰子覺得它們很討人喜歡。

「天一他們有沒有找到太陰和玄武呢……」

彰子這麼自言自語時，聽到嘎啦嘎啦的車輪聲，眼睛立刻亮了起來。

「是車之輔！」

因為被拜託盡快趕路，所以車之輔卯足了全力跑回來。

一群小妖跟在車子旁邊趴躂趴躂跑著。
昌浩從車窗看到它們，撥開前簾探出頭大叫：「你們！」
小妖像等著這一刻似的，齊聲大合唱：「啊，是孫子——！」
「不要叫我孫子！」
昌浩馬上吼回去，小妖們哈哈大笑說：「我們來賽跑吧，孫子——！」
「我說不要叫我孫子——！」
就是要這樣，才能開始它們的夜晚。

✖ ✖ ✖

住在京城裡的小妖們，有個小小的秘密。
它們對人類其實沒什麼興趣，所以不會故意危害人類。
它們喜歡好玩的事、喜歡開心的事，珍惜能夠滿足自己的每一天，完全不需要人類。
然而——有認同它們、真摯地對著它們笑的眼眸，它們還是會格外珍惜。
最近不只人類，連式神都有那樣的眼眸。
再怎麼微不足道的小日子，都洋溢著欣喜雀躍。

小怪的陰陽講座

⑨請看《少年陰陽師》第八集《夢的鎮魂歌》中，深情動人的同名故事！

⑩歷經漫長歲月後，有了靈魂而成精的古老器物稱為「付喪」，如古傘、古鏡等。

⑪「百目」是身體上有無數個眼睛的日本妖怪。

神威之舞

神諭被扭曲了。
是誰？又是為了什麼這麼做？

1

嘩啦、嘩啦，嘩啦、嘩啦。波浪聲沉沉地響著。

浮在伊勢海面的海津島上，有座秘密神宮。這座被稱為「海津見宮」的神宮深處，祭祀著比皇祖神天照大御神更上位的崇高神明。

這座神宮的主人，是在神治時代就已放棄人類的身分，一直侍奉神明至今的巫女，被稱為玉依公主⑫。

前些日子，玉依公主交棒了，由玉依公主的女兒繼承了任務，每天祈禱、傾聽神的聲音。年滿十歲的她，還是個稚氣未脫的女孩。

微暗的波浪間，聳立著高大的三柱鳥居。

在祭壇前默默祈禱的女孩，忽然顫動肩膀，抬起了雙眼。

「……？」她緩緩環視周遭，疑惑地嘟囔著：「主人的聲音……」

忽然消失了。

是因為自己還不夠純熟嗎？可是，可以清楚感覺得到，神飄盪的氣息還纏繞著自己的身體。

隨侍在結界外的兩個身影發現她有異狀，立刻站了起來。

「齋小姐。」

「怎麼了？有什麼事嗎？」

站起來的兩人，是身材十分修長的一男一女，秀麗的外貌不像一般人類。

他們是神使，被派來保護負責祈禱的玉依公主。男的叫益荒，女的叫阿曇。

齋站起來，轉身越過結界，走向神使們。臉上的陰鬱表情，一點都不符合她幼小的年紀。「主人的聲音消失了。」

單膝跪在齋面前的兩名神使頓時臉色發白。

「?!」益荒倒抽一口氣，在他身旁的阿曇緊張地問：「真的嗎？」

「消失了……我聽不見。」

隔了好一會，表情僵硬的齋又說了同樣的話，神使們無言地面面相覷。

齋甩甩頭說：「三柱鳥居上還有神降臨的氣息，只是我的耳朵聽不到聲音了。」

益荒與阿曇都瞪大了眼睛。

◇　◇　◇

一雙小手伸向了啪唦啪唦拍著翅膀的烏鴉。「不要跑。」烏鴉保持快被抓到又不會被抓到的高度，巧妙地避開了伸得很長企圖抓住烏鴉腳的手指。

「來啊來啊，內親王，看妳能不能抓到我。」

內親王脩子嘻嘻笑著，追逐著啪唦啪唦拍振翅膀四處飛竄的烏鴉。

「等我一下嘛！」

烏鴉發現她稍微跳一下就可以摸到自己的翅膀，於是輕輕旋轉翅膀，靈活地閃開了。

這樣玩了一會後，烏鴉看時間差不多了，就故意降低高度，脩子吆喝一聲抱住了烏鴉。

「哎呀，我怎麼會這麼不小心呢！」

烏鴉誇張地裝出懊惱的樣子，幼小的內親王得意地說：「我最會玩躲貓貓了。」

「嗯，我輸了，內親王真有天分。」

什麼天分啊？

在內心這麼質疑的神將太陰坐在外廊上，手肘抵著膝蓋說：「好意外……」

坐在她旁邊的神將玄武嚴肅地點著頭說：「嗯，我同意。」

這隻烏鴉是道反的守護妖，跟一般烏鴉差不多大小，要說不同，就是它聽得懂人話，可以跟人交談。使出妖力時，可以展現相當的戰力，但現在這樣子，看起來就像一般的烏鴉。

沒想到這隻烏鴉這麼會帶小孩。說真的，比玄武和太陰高明多了。玄武常常不知道怎麼應付小孩子，搞得手足無措。

太陰很容易玩過頭，萬一不小心用力過度，傷了內親王就糟了。所以晴明命令她當內親王的玩伴時，她自己拒絕了。六合聽說這件事，顯得很驚訝，讓太陰有點不高興，但她自認很了解自己。

「我也會看對象啊！」

一想起這件事，太陰就兩眼發直地碎碎唸。玄武邊聽她唸，邊轉移視線。

穿著侍女服裝的風音出現了，脩子和嵬一看到她就同時叫出聲來。

「風音！」

「公主！」

兩個聲音都很興奮。被叫喚的風音苦笑著從外廊走向脩子。

她彎下腰降低視線，把食指按在嘴巴上。脩子驚覺叫錯名字，「啊」了一聲，放開嵬，雙手按住了嘴巴。那模樣好可愛，神將們和風音都看得呵呵笑。

「對不起，雲居。」

「沒關係，有別人在的時候要小心點。」

脩乖乖點著頭，停在她肩上的嵬挺起胸膛說：

「公主，請放心，妳不在的時候，我會盡全力保護內親王。」

「你真的很可靠呢！」風音笑著說。

嵬往風音身旁望去，橫眉豎目地說：「所以，就算我再怎麼不甘心也要告訴你，保護公主、在必要的時候不惜成為她的盾牌是你的責任！知道嗎?!」

帶著嘆息現身的神將六合，對著啪吵伸出一隻翅膀的烏鴉默默點頭。

他在心中暗想，既然如此，你就自己陪在風音身旁嘛！

奉命保護內親王的是我的同袍啊！

他瞄了同袍一眼。太陰似乎察覺了，露出渾身不自在的表情，嘴巴不知道嘀嘀咕咕唸著什麼。在她旁邊的玄武漠然望著遠處。

這時候彰子來了，拿著用油紙包住的信。「對不起，這麼晚才拿來。」

嵬從脩子的肩上飛起來，在彰子前面降落後，骨碌轉身背向她說：

「快點，天都快黑了。還好我是道反的守護妖，不是一般鳥類，沒有夜盲症。」

脩子興致勃勃地看著彰子把那包信件綁在嵬的背上。

準備齊全後，嵬又轉向風音說：「那麼，公主，我心中有萬般的不捨，但不得不去遙遠的西方京城。不能待在妳身旁，我深深感到遺憾，請妳務必保重身體……」

太陰半瞇起眼睛，對廢話連篇的嵬說：「夠了，你快點走吧！再不走天真的要黑了。」

「閉嘴，神將！不要妨礙我跟公主的告別儀式！」

「你……你這隻烏鴉！」

太陰握緊了拳頭。她是一番好意，卻被烏鴉兇了一頓。她氣得想用龍捲風把烏鴉吹往京城的方向，玄武發現她要這麼做，立刻默默用表情安撫她。

彰子在嵬身旁蹲下來說：「幫我問候昌浩和小怪哦！嵬，真的很謝謝你。」

被低頭致謝，感覺還不錯的嵬，得意地挺起了胸膛，然後轉向脩子說：

「內親王，不要做危險的事，讓我家公主擔心哦！」

「嗯，你慢走。」

嵬向啪答啪答揮手的脩子點個頭，抬頭看著風音說：「那麼，公主……！」

說到這裡，嵬就激動得說不下去了。風音苦笑著，用雙手把它捧起來。

「不用擔心，你去吧！」

風音朝西方放走烏鴉。嵬在她頭上盤旋一圈後，就啪吵啪吵拍著翅膀往前飛，身影逐漸縮小。

脩子、彰子和風音一直揮手，揮到看不見嵬的身影為止。

玄武看著她們，低聲說：「每次都那麼依依不捨，幹嘛不拒絕就算了……」

旁邊的太陰鼓著腮幫子回他說：「就是嘛，不一定要拜託嵬，讓我送去也行啊！」

「──」

玄武沉默不語，腦中閃過某個畫面。以前，太陰曾經用風把成親送到出雲國，結果銀錢、念珠等隨身物品都被吹得到處散落，找得很辛苦。⑬

信當然是用紙寫的，搞不好會被吹得粉碎，連原來的樣子都拼不出來。

如果有白虎同行，大家應該會建議交出他送，彰子也會這麼做。

請嵬送信，是在做過種種考量後所下的判斷。

「公主，妳累了吧？要不要休息一下？」彰子問。

脩子嗯嗯低吟著，好像在思索什麼。「……嗯，休息一下。」

風音先離開，去準備熱水給脩子洗手腳。

秋天快結束了，但今天比平常熱一些。跟烏鴉嬉戲玩鬧的脩子有點流汗。

脩子跟彰子牽著手走上外廊，天真地問：「藤花，妳在信裡寫了什麼？」

彰子溫柔地笑著說：「寫了很多事，像是這裡的事、神宮的事。」

「哦，很多事可以寫呢！」

彰子的眼睛瞇得更細了，點頭說是啊。

見太陰和六合跟著脩子離開了，玄武才站起來。他並不是住在內親王所在的這棟屋子。

這裡是伊勢齋王居住的齋宮，位於伊勢國多氣郡。

齋宮寮有很多官吏，齋王與侍奉齋王的官吏們居住的地方，總稱為「齋宮」。另外，伊勢齋王也稱為「齋宮」，賀茂齋王又稱為「齋院」。玄武和晴明有時也會把伊勢齋王稱為齋宮。

聽從神詔來到這裡、又是皇女的脩子，符合齋王的身分，所以雖是特例，還是被安排住在齋王居住的內院一角。

不過，他們一行人是奉皇上旨意來替擔任齋王的恭子公主祈禱病癒，所以特別被允許進出內院。

晴明的臨時住處離內院不遠，但也沒辦法經常來來去去。他通常只是去向齋王請安，再順便看看她的狀況，下雨時連往來都有點辛苦。

玄武想起，晴明曾經埋怨怎麼沒有渡殿或走廊通到內院呢？玄武不禁覺得人類真的很不方便。

他站在內院與中院的中間隔牆上，掃視天空一圈，雲層有點厚，天空是淡淡的灰色，有微弱的陽光照射，但影子不濃。有時會下雨。跟一下就好幾個月的長雨不一樣，下一、兩天就會停，但是一下雨，大家就會膽戰心驚，做好說不定又會釀成災禍的心理準備。

玄武嘆口氣，跳向了晴明住的那一側。

還要很久才能完全復元的朱雀，應主人的召喚，於陰曆八月下旬來到了伊勢。

在月亮逐漸由圓轉缺的某天黎明，朱雀聽到了主人的聲音。這些日子以來幾乎動彈不得的他，就默默地、慢慢地站起來了。

跟天一一起陪在他身旁的玄武很驚訝，但還是趁此機會，假借擔心他無法平安到達伊勢，所以要陪他前往的名義，來到了這裡。玄武想陪在晴明身旁，不然發生了什麼事都不知道。

玄武最擔心的是晴明的身體。晴明還很硬朗，可是已經八十歲了，人類的平均壽命只有他這個歲數的一半。人類跟神將不一樣，時間有限，所以玄武連一刻都不想浪費。

晴明需要淨化的火焰。

被引來伊勢國的妖魔鬼怪們都被封鎖在一個地方了，可是被雨沾污的大地，還是會多消耗晴明很多力量。火焰的淨化力，可以更有效地掃蕩所有邪惡，徹底清除污穢。

他也考慮過騰蛇的火焰，可是騰蛇要護送昌浩與昌親回京城。所以，明知朱雀還沒復元，他卻還是召喚了朱雀。

在晴明面前現身的朱雀絕口不提自己體力耗盡的事，聽從主人的命令，以高超的技術操縱火焰，把妖魔鬼怪和污穢全清除了。

好不容易強撐著回到天一身旁，一看到天一，朱雀就倒在她懷中了。

玄武當然就留在伊勢不走了，這是朱雀聽送他回來的太陰說的。朱雀再厲害，也沒有力氣自己從伊勢回到京城。

太陰把朱雀送回來後，也馬上趕回了伊勢——其實是因為「萬綠叢中一點紅」的鬥將同袍還散發著前所未有的狂亂神氣，所以把她嚇得像脫兔般逃之夭夭了。

玄武聽太陰提起，才想到太陰一直待在晴明身旁，所以不知道這件事。六合和騰蛇應該也不知道。

他們都沒接觸到那股神氣，玄武真的很羨慕他們。不過，騰蛇應該不會被嚇到，因為他的神氣比勾陣更龐大、更劇烈。

朱雀回異界沒多久後，青龍就來到了伊勢。不愧是鬥將，他的通天力量僅次於騰蛇和勾陣。

玄武有看到青龍的神氣被連根拔除、全身動都不能動的模樣，所以再看到完全復元的青龍時覺得很震撼。青龍卻只是用冷漠的眼神，看著這個目瞪口呆的同袍。

後來，青龍也留在伊勢了。他跟玄武不一樣，隨時都隱形待在晴明身旁，不曾離開過。晴明叫喚，他就現身，辦完事就立刻消失。

這裡是神國伊勢。在齋宮工作的人，有些人多少有點靈視能力。鬥將的神氣都很酷烈，青龍雖然沒有騰蛇那麼強，還是有所顧忌。

題外話，在齋宮，擁有靈視能力的人大多是在伊勢出生長大的。在內宮與外宮工作的度會氏族、磯部氏族中，天生具有靈視能力的人，又比其他氏族多。

走向晴明房間的玄武，忽然停下了腳步。「這是什麼……」熟悉的房間裡有陌生的氣息，感覺很奇特，不像是人類。

玄武的表情浮現焦慮，加快了腳步。晴明身旁有青龍在，這個鬥將沒有什麼動靜，可見不是敵人，但他還是要親眼確認主人沒事才能放心。

「晴明！」一跳過牆壁進入庭院，就看到坐在外廊邊緣的老人和兩個陌生的身影。

青龍還是隱形。

玄武繞一大圈，保持距離走上外廊，朝晴明走去。「晴明，他們是什麼人？」

被小孩特有的高八度聲音嚴厲詢問，晴明低吟幾聲。

站在庭院裡的兩人轉而看著玄武。

玄武警戒地面對他們的視線。感覺沒有敵意。儘管有所壓抑，還是不難想像他們擁有多強大的力量。青龍隱形了，但應該就在附近，只是完全壓住了神氣，感覺不到。

晴明瞄玄武一眼，輕輕拍著他的背說：「喂，不要一副想咬人的樣子，他們是客人。」隔了一會，晴明又接著說：「而且是相當於世界根源的高位神明的使者，千萬不要失禮了。」

「世界根源……？」

玄武不由得重複這句話。這時有神氣在他背後降落，他往後一看，是臉色不太好看的青龍。

青龍默默抬抬下巴，示意玄武走開。玄武搞不清楚怎麼回事，但還是聽同袍的指示退到了後方。

晴明又轉向了使者們。「對不起，請繼續說。」

年輕男性毫不以為意，對道歉的老人說：

「玉依公主很擔心齋王和內親王。請問你知道皇祖神天照大御神是巫女神的事嗎？」

「我聽磯部守直大人說過。」

年輕男性點點頭說：

「那就好辦了，我們玉依公主說，擔任巫女神的天照大御神的力量減弱了。」

後面由女性接著說：「巫女神可以說是天照大御神的和魂⑭，和魂一減弱，就會失去平衡。」她的視線掃過所有人。「聽說伊勢齋王的狀況比想像中更糟，應該跟這件事有關。」

兩名神使輪流發言，晴明神情凝重地聽著。

等他們講到一個段落，晴明才開口說：「可是，違背天意的雨已經停了。停止下雨，應該是符合天意的事。我們還遵從神諭，把公主帶來了。」
「你所說的天，不是天照大御神，而是我們的主人天御中主神。」回應的年輕男性又嚴肅地補充說明：「前代玉依公主說，神諭被扭曲了。」
連晴明都倒抽了一口氣。「被扭曲了……？誰會做這種事……」
兩名神使搖著頭說：「不知道，我們還來不及確認，神的聲音就中斷了。」
晴明的臉色更沉了下來。
「前代玉依公主說過，內親王進入伊勢就會喪命。」
年輕男性的聲音很平靜，說的話卻很沉重、冰冷。
「以前巫女神躲起來，太陽就被雲遮蔽，開始下雨。再這樣下去，整個天空又會覆蓋厚厚的雲層。」
「也就是說，齋王的生命快結束了吧？」
聽到兩名神使淡淡宣告的預言，晴明的心涼了半截。
年輕男性的眼皮忽然顫動起來。
「……太遲了嗎？」
「你說什麼？」
晴明清楚聽見對方的低喃，立刻反問，這時從門口傳來驚慌的聲音。

「安倍大人！晴明大人在嗎？」

沒等裡面回應就衝進來的人，是替晴明安排這個房間、準備生活用品的磯部氏族的侍從。這名年輕人名叫冬重，是留在海津宮的磯部直守的親戚，對晴明非常照顧。

就在神將們隱形的同時，冬重氣喘吁吁地衝進來，跪倒在晴明前面，表情十分驚慌。

「大副他……」

冬重只說到這邊就說不下去了，晴明追問：「神祇大副怎麼了？冬重大人，大副怎麼了……」

冬重無力地搖著頭，悲痛地擠出聲音說：「祈禱沒有用，他剛才已經往生了……」

說完後，冬重再也忍不住地低聲啜泣起來。

晴明把視線從肩膀微微顫抖的冬重身上移向神使們，但他們已經不見了。

《他們在這個男人進來前就走了。》隱形的青龍說。

晴明點點頭。

剛才神使喃喃說了一句話，他說「太遲了嗎」，說完後就傳來了這樣的噩耗。

這之間應該有關聯吧？假如說，巫女神天照大御神躲起來所產生的影響，是顯現在神祇大副與齋王的病情上，那麼，晴明該做的事只有一件。

2

神祇大副往生的這一夜，齋宮寮籠罩在沉鬱的氣氛中。

天空烏雲密佈，恍如就要下起悲傷的雨。

晴明在房間的外廊上，獨自仰望著夜空。

幾道神氣降落在沒有點燈的老人身旁，老人只微微動了一下肩膀。

「那邊沒問題嗎？」

太陰現身坐在晴明旁邊，抱著膝蓋說：「沒問題。內院有清淨的結界守護，除非發生重大事件，否則內親王和彰子小姐都不會有危險。」

太陰剛轉頭往後瞧，六合就現身了。

「而且還有風音在，她很強，所以不用擔心，應該不用擔心。」

聽到這個名字，隱形的青龍散發出刺人的氣息。

青龍與風音交戰過，結果大敗。對他來說，風音也是突襲過主人的刺客，所以就算知道了風音的真正身分，他還是不想跟她建立良好的關係。

太陰自己也是因為跟風音在出雲並肩作戰過，才培養出現在這樣的交情，所以她並不會責怪同袍的態度。

「太陰，怎麼了？」

被晴明這麼一問，太陰知道自己的表情一定變得很苦悶，因為喚起了她從出雲回去後的痛苦回憶——她跟晴明被青龍和天后狠狠訓了一頓。本來都快忘記這件事了。

「沒什麼……只是想起不太愉快的事。」

「是嗎？這種時候最好唸唸祝詞或神咒。」

「對人類也許很好，可是我是神將，那麼做有用嗎？」

祝詞或神咒都是獻給神明的東西吧？

晴明很認真地回她說：「因為是神將，所以言靈的力量應該會比我們唸的更強吧？」

「是這樣嗎……」

差點就要認真考慮那麼做的太陰，猛然想起自己來這裡的目的。

「不對，我來這裡是擔心晴明的心情不好啊！怎麼變成晴明在安慰我呢？這樣不是相反了！」太陰雙眉直豎地反駁。

晴明苦笑著說：「我比較喜歡擔心別人，不喜歡被擔心啊……妳放心吧！」

語尾聽起來有點沉重，太陰屏住了氣息。「真的嗎？」

晴明很少說出自己的心事。他不會對家人說，也不會對神將們說。他曾淡淡苦笑著表示，唯一能吐露心事的人，很早以前就離開了人世，從此以後他再也沒辦法坦然向人吐露心事。

晴明摸摸小女孩模樣的神將的頭，用力地點著頭說：

「是真的……老實說，我第一次去探望大副時，就覺得他可能不行了。」

他的生命力虛弱，已經無藥可救了，儘管如此，晴明還是每天全心全意地祈禱，使用治病和延長壽命的法術，努力維繫他的生命。

六合微微垂下了眼睛。在青龍來之前，都是他隱形陪著晴明去看神祇大副，所以他很清楚晴明是多麼用心在搶救大副的生命。

為了完成遷宮的主祭任務，身為神祇大副的大中臣永賴也很努力維繫自己的生命，無奈天不從人願，他一直臥病在床，沒能完成任務。

永賴慎重接下了二十年一次的「式年遷宮」的主祭大任，並以此為傲。

「我必須向皇上請罪……」

因為沒能治癒神祇大副、因為辜負了皇上的期待。

晴明看著自己的手，咬住了嘴唇。

不論學會了多少法術，做不到的事還是比會的法術多很多。明知如此，每次面臨無力解決的事，卻還是大受打擊。

老人嘆口氣，抬起了頭。
神將們全都顯得憂心忡忡，老人不希望看到他們這樣的表情。
「不用擔心，你們比誰都清楚，我很能承受打擊。」
更何況，還不到絕望的地步。
「事到如今，無論如何都要救活齋王，以慰大副在天之靈。」
在此之前，晴明不能回京城。
而且他還擔心另一件事——是神下達神詔，要人類把依附體帶來，內親王脩子才會來到伊勢的。現在卻說神詔被篡改了，那麼，內親王也沒必要來伊勢嗎？
晴明他們剛到伊勢時，這裡充斥著被引來的妖魔。晴明把它們全都殲滅了，卻還是有妖魔往這裡聚集的動靜。
妖魔們來自四面八方，逐漸包圍神宮。這座齋宮也一樣。伊勢是神國，又是天詔大御神的所在地，應該沒道理會出現妖魔。
晴明合抱雙臂，低聲沉吟。隱形的玄武現身詢問：「晴明，妖魔們怎麼會陸陸續續往神宮聚集呢？那個地方洋溢著莊嚴的神氣，會對它們造成傷害吧？」
妖魔們向來棲宿在黑暗領域。清淨的神宮充滿消除黑暗的光明力量，對妖魔們來說相當於毒藥。

太陰代替主人回答：「它們是為了污染清淨的場所吧？伊勢是神之國，可是降臨的地方被污染後，神就不會降臨了，不是嗎？」

玄武摸著下巴說：「嗯，沒有神降臨，就不再是神之國了。可是……內宮、外宮每天都會虔誠地進行祭祀儀式，隨時保持清淨，妖魔應該進不來，要怎麼污染呢？」

「說得也是……要怎麼做呢？」

兩人困惑地面對面，低聲沉吟了好一會。

伊勢內宮祭祀的神明，不只是皇家的祖神，也是這個國家所有人祭祀的總神。往這裡集中的祈禱、希望和心念特別強烈，而這裡也充滿了足以接納所有祈禱、希望和心念的清淨神氣。

太陰托著臉嘆息：「之前雨下個不停，削弱了天照大御神的神威，也降低了對伊勢的守護能力，妖魔們才會往這裡聚集，只要太陽持續照射，就不用擔心了吧？」

「可是，所謂日光是天照神意的比喻吧？不管太陽再怎麼照射，裡面沒有天照的神威，不就沒有任何意義了嗎？」

「那麼，天照的力量為什麼會減弱？」

「因為下雨吧？」

「可是雨已經停了啊！為了讓雨停下來，昌浩淨化了玷污國之常立神的根本邪念……

咦？」太陰忽然歪著頭，疑惑地嘟囔著：「國之常立神是大地之神吧？可以操縱雨嗎？」

聽到玄武與太陰的對話，晴明臉色驟變。

就在國之常立神平靜下來的同時，雨也停了，所以他一直以為是這個原因，現在回想起來，的確如太陰所說。

與國之常立神相關的是龍脈的暴亂。在京城頻發的地震是國之常立神的痛苦表現。

但仔細想想，那綿綿陰雨是出雲九流族的計謀，企圖讓八岐大蛇復活。伊勢也受到波及，使身為國家支柱的國之常立神痛苦不堪。⑮

做完這樣的彙整，晴明又搖頭否決了。

等等，這樣說不通。殲滅大蛇後，出雲的雨停了。京城的天空卻還是沒放晴，伊勢也一樣，表示還有其他因素介入了那場雨。

據說那是違反天意的雨，晴明他們都以為，「天」是天照大御神。

然而，服侍海津見宮的神使們卻說，那個「天」是根源之神天御中主神。

天御中主神不但沒有召喚內親王脩子前來，還發出警告，說她進入伊勢就會喪命。

那麼，究竟是誰扭曲了神詔？是誰召喚脩子前來，想要她的命？

晴明把狀況一一做了整理，太陰在他旁邊抱頭苦思。「等等，我跟不上。」

在太陰旁邊的玄武擺出一張苦瓜臉說：「我也是。」

隱形的青龍現身說：「國之常立神跟雨是兩回事，不要聯想在一起。」

六合開口說：「但也不是完全無關。」

鬥將的語氣都很平淡，太陰的眉頭卻愈鎖愈深了。

「可是解放國之常立神後，雨就停了啊！」

「因為是違反天意的雨，所以天御中主神讓雨停了吧？」

玄武這麼說。晴明還是一臉困惑，合抱雙臂沉默著。

「既然如此，天御中主神怎麼不一開始就把雨停下來呢？還要召喚內親王來……」

「等等，神使們說召喚內親王來的不是天御中主神。」

「啊，對哦……那麼，是誰召喚了內親王？」

「就是不知道，晴明才會露出那種表情啊！」

玄武指向表情嚴肅的老人。他們的討論又回到了原點。

陷入沉思的晴明，好一會後才開口說：「總覺得……這點讓人想不通。」

晴明戳著太陽穴，嘆了一口氣。究竟是誰在操縱這一切呢？

唯一能確定的是，有人擁有扭曲神諭的力量，而且完全隱藏了自己的存在。

青龍板著臉，放下合抱的雙臂說：「晴明，差不多該休息了。」

尖銳的視線射穿晴明。被雲層覆蓋的天空呈現渾濁的淡灰色，看不見星星，但青龍會這麼催促，可見時間已經很晚了。

晴明不太情願地抬起了沉重的腰。剛到伊勢沒多久時，不管多晚，他都是熬到想睡時才去睡，因為六合與太陰都不會這麼嘮叨。稍後才來的玄武多少會唸幾句，但最後還是會放棄，給快熄滅的燈台添油。

「知道了，我該準備睡覺了，你們也回公主那邊吧！」

太陰與六合點點頭，瞬間隱形了。

確定神氣飛向內院後，晴明大大伸個懶腰，輕輕捶著肩膀。每次集中精神思考，肩膀就會痠痛。

「玄武，幫我按摩肩膀。」

「你還是趕快休息吧！你就是太緊繃、想得太多了，肩膀才會痠痛。」

晴明看著一臉正經的玄武，眼神十分哀怨。

「連你都這麼講。」

「我只是學青龍而已，疲勞會使思考遲鈍，找不到問題的答案。」

玄武說完，青龍又用冰冷的眼神展開追擊。

晴明只能深深嘆息。

◇　◇　◇

進入神無月（陰曆十月）好幾天了。

雖然拚命趕工，卻還是拖到秋天都結束了，彰子有點著急。

「好痛……」

針一滑，扎痛了大拇指，她趕緊確認有沒有流血？血有沒有沾到布？確定沒流血才鬆了一口氣。

「不能太急……」

彰子停下來，放鬆肩膀。她想起小時候媽媽教她針線活時，她總是做得很急，媽媽都會溫柔地勸說：一針一線都要放入感情，所以要細心地縫。

心急的她經常扎到手，邊痛得淚眼汪汪，邊聽著媽媽這麼說。

那時候，她覺得縫得快比縫得好重要，總是用崇拜的眼神看著一個晚上就可以替父親縫製三件衣服的母親，很想趕快變成那樣。

「就算縫得再快，穿起來不舒服也不行啊……」

她檢查已經縫好的地方。晴明沒帶冬衣來，這是為晴明做的。她告訴自己，晴明常常與人接觸，必須以縫得好看為優先。

搬到安倍家後，都是露樹在教她針線。露樹很能幹，尤其擅長針線。她的母親也縫得很好，可以拜兩人為師，她覺得很幸運。

「藤花小姐，現在有空嗎？」穿著侍女服裝的風音來了。

「有啊，請進。」

她把縫到一半的衣服摺好，端正坐姿。

「妳不用陪在公主身旁嗎？」

風音對疑惑的彰子點點頭，轉頭望向脩子所在的方位說：「不用，現在有太陰跟六合隱形陪著她。而且命婦⑯大人叫我離開，等她叫的時候再去。」

「咦……？」彰子瞪大眼睛，滿臉困惑。

風音苦笑著說：「我沒有被排擠，是公主拜託命婦大人帶她去見齋王。」

年幼的皇女懇求要去探視齋王，命婦拗不過她就答應了。一直在發高燒的齋王，今天的狀況有些好轉，命婦和奶媽就帶她去了，交代她只能看一下。

到伊勢後，脩子每天早上醒來就會用井水沐浴淨身。那口井是齋王專用，但卜部的龜卜指示，脩子必須用這裡的水淨身。

龜卜上的指示是神意。據說自從有齋宮寮以來，除了齋王外，沒有其他人用過井水。也因為這樣，在內院，大家都認為這是神威顯現，對脩子的恭敬僅次於齋王。

現在脩子的身體已經十分潔淨了。

「妳在做晴明大人的衣服？」

風音看著摺好的衣服，彰子摸著衣服說：「對，我想他應該需要換洗的衣服。」

做好後，她打算再做自己的單衣。換洗衣服愈多愈好。天氣正逐漸轉冷，離開京城時準備的衣服，很快就會不合季節了。

脩子來伊勢的事是機密。她遵從神諭來到這裡，卻沒有人告訴他們接下來該做什麼。

風音佩服地看著做到一半的衣服，彰子戰戰兢兢地叫她：「呃，雲居姊姊……」

這是風音偽裝成侍女的名字，風音轉頭看著她。

「伊勢的神為什麼把公主叫來伊勢呢？」

風音忽然臉色一沉。彰子以為自己問了不該問的事，縮起了身子。

「還不知道為什麼呢……」風音回答她，秀麗的臉上浮現陰鬱的神色。「我還以為在神無月前會有什麼動靜，沒想到都沒有，不過……」

在神無月，所有神明都會去出雲參加神的會議。除了天照大御神外，其他神應該都會離開這裡。

對企圖傷害恭子公主的某種存在來說，這是最好的機會。

「我已經下定決心，不管天照大御神在想什麼，我都要保護脩子公主。」

彰子望著毅然決然的風音，對她有種類似崇拜的情感。

可以說得這麼斬釘截鐵，是因為她有能力做到。

要保護一個人很困難。在來伊勢的路上，彰子深深體會到這件事。

想到這裡，其他畫面閃過腦海。

雨勢逐漸減弱，雲層也慢慢散去了，從雲間露出大家殷切期盼的陽光。

她握住他伸向她的手，兩人默然相對。他說有很多很多話要告訴她，卻一句也說不出來。那樣沉默好一會後，不知道誰先笑了出來。

滿臉堆著笑容的昌浩雙手握住彰子的手，把額頭靠到她手上，用像哭又像笑般的聲音，小聲說著對不起。

彰子搖搖頭。想說的話很多，卻在聽到這句對不起時，心中冷冷凝結的沉重就瞬間消失了。

因為她知道，她想說的話，就是昌浩想說的話，所以光一句話，心靈就能相通了。

好奇怪，剛開始都能暢所欲言的，是從什麼時候開始說不出來了呢？

一定是因為太安定了，安定得讓人害怕失去。可能就是這樣吧？

嗯，所以……

三兩句話的交談，雖然平淡，卻更能坦然傳達，也更能坦然接納。

雨停了。聽說脩子和磯部守直先被送去了齋宮寮，現在就等晴明一行人前往伊勢了。

昌浩和昌親送彰子他們動身前往伊勢後，才折回京城。

為了運送彰子，太陰緊張得全身僵硬。彰子覺得神將纏繞自己全身的風有點強，但並不像傳聞那麼劇烈。

後來她才聽六合說，太陰從來沒有這麼疲憊過，到伊勢後累得連話都說不出來，趴倒在地上好一段時間，應該是費盡了心力。

現在彰子才想起來，那是昌浩第一次送自己出門。

平常都是她送昌浩出門，感覺好奇怪。

沉浸在回想中的彰子察覺到了一股視線，回過神來，發現風音正溫柔地看著自己。

「啊……對不起，我們聊到一半呢！」

彰子慌忙道歉，風音搖搖頭，淡淡笑著說：「想回京城了？」

大概是看透了彰子在想什麼吧。彰子苦笑著搖搖頭說：

「不，現在我只想盡我所能侍奉公主，多少幫晴明大人一點忙。」

彰子有她在伊勢該做的事。陪脩子來伊勢是皇上的旨意。彰子跟晴明一樣，是奉旨來到了這裡。

昌浩總是做自己該做的事。有時奮不顧身，弄得遍體鱗傷，也絕不中止。

昌浩向來自己做決定。所以，彰子也要自己做決定。不是為了誰，而是為了自己。

「雖然我能做的事很有限……」

知道自己有多無力，彰子落寞地笑笑。她多麼希望自己跟昌浩和風音一樣，可以使用什麼特別的法術或力量，這樣就不會對自己的無力如此絕望了。

聽彰子這麼說，風音苦笑起來。「我反倒羨慕妳呢！」

「咦？」彰子目瞪口呆。

風音指著她手中縫到一半的衣服說：「妳做了冬衣給公主吧？現在還做給晴明……我真沒用，完全沒想到這件事，這是只有妳才做得到的事。」

一個深呼吸後，擁有彰子期盼的能力的風音又補充說：「昌浩一定也這麼想。」

「……」

彰子愣住了。風音對她眨個眼睛，站起來。

就在這時候，響起了趴躂趴躂的腳步聲。

「雲居、雲居，妳在哪裡？」

「這裡。」

脩子跑得上氣不接下氣，滿臉泛紅，抬頭對風音說：「我聽命婦說了，我要去海邊。」

「咦？怎麼回事？麻煩妳說清楚。」

風音蹲下配合脩子的視線高度。脩子抓著她的手，用超乎小孩子的力量把她往前拉。

「命婦說，有重要祭祀儀式時，齋王都會去海邊淨身。我沒有那麼做，所以神什麼都不告訴我，一定是這樣。」

脩子不容分說便催風音快走。她覺得對彰子不好意思，但還是被拉走了。

彰子拿起縫到一半的衣服，低聲嘟囔著：「昌浩也……？」

那時候，他們彼此都沒有說過太深入的話，聊的都是無關緊要的事，只到可以坦然面對彼此視線的階段，就分開了。

昌浩也這麼想？真的嗎？他真的這麼想嗎？

希望真是如此。光這樣，她就很開心了。她要做自己能做的事，為這些事盡心盡力。

這明明就是她一直以來的想法，心情與感受卻跟之前完全不同。

淚眼朦朧的她趕緊擦擦眼睛，不讓淚水滴到衣服。

她閉上眼睛，做個深呼吸。

太陽快下山了，她要趁天還亮時完工。

「快趕工吧……」

她比剛才更用心地縫起了衣服。

脩子攤開向輔佐齋王的命婦借來的卷軸，指著上面畫的圖。

看起來像是這附近的地圖。

「就是這裡，齋王就是在這裡淨身，所以我也要去淨身。」

「公主？」

脩子抬頭看著驚訝的風音，臉上浮現與年紀不符的悲愴神情。

「是父皇叫我來這裡的。」

風音點點頭。她知道皇上是因為神詔，才忍痛把可愛的女兒送來遙遠的伊勢。這件事非常機密，連什麼時候能回去都不知道。

「大副去世了，齋王的身體也不好，一定是因為我沒有盡到我的義務，神生氣了。」小小的雙手緊握著，幽幽訴說的聲音微微顫抖。「所以我請命婦告訴我，齋王的任務是什麼。我不是齋王，沒辦法做到所有的事。」

她也很想問恭子公主這件事，可是沒辦法問。臥病在床的恭子正在發高燒，非常痛苦，卻還是對來看她的脩子說了很溫馨的話，關心脩子有沒有什麼需要。

曾經放晴的天空，雲層又逐漸增厚，眼看著就要下雨了。神祇大副往生了，恭子的病情又不斷惡化。

這一定是自己的錯。

「呃，雲居……」脩子稍作停頓，四下張望，確定沒有人，也沒人靠近，又接著說：「風音，妳知道很多事，也可以做像神一樣的事吧？妳知道我該怎麼做嗎？」

「……」

風音沒想到脩子的心意這麼堅決，驚訝得說不出話來。這個問題真的把她問倒了。

「像神一樣……？」

自己是神的女兒，所以是半人半神，的確可以做到一般人做不到的事，但是很遺憾，不能回應脩子的期待。

「對不起……如果能回答，我也想回答，可是我也不知道答案。」

眼神充滿希望的脩子，頓時變得十分沮喪。

「是嗎……」脩子垂頭喪氣地看著卷軸。「淨身要怎麼做呢……走進海裡就行了嗎？我一個人做得到嗎……」

她緊握雙手努力思考。

風音趕緊對她說：「妳一個人做不到啦……對了，」一個想法閃過腦海，風音堆起笑容說：「我們明天去海邊吧！不一定要淨身，但可以走齋王走過的路，趁現在還不會太冷。」

到伊勢後，脩子不曾離開過內院。在齋宮寮工作的大半官吏都不知道脩子的真正身分，對外只說她是命婦找來的小侍女，來陪伴生病的齋王。

只要內親王說她想去，命婦和神職人員都不會阻攔她。

而且，她好不容易離開封閉的皇宮，來到了伊勢。這裡是幾乎所有人都不知道她真正身分的另一個世界，風音希望可以讓她在外面自由行動。

這輩子，她可以看到海的機會，說不定就這一次了。

脩子僵硬的臉頓時亮了起來。

她點點頭後，忽然疑惑地把頭歪向一邊。

「……」

風音看她滿臉困惑地東張西望，就問她：「怎麼了？」

她把手伸向兩邊耳朵說：「好像有人在叫我……可是……」

把手貼放在耳朵後方的她，聽著遙遠的聲音。

風音環視周遭。

沒看到人，應該是脩子的幻聽吧？

再怎麼豎起耳朵傾聽，也只聽到風吹過的聲音，還有樹木迎風搖曳的摩擦聲。

忐忑不安的脩子，眼神四處飄移，低聲說：「是我……聽錯了嗎？」

◇　◇　◇

風很冷。

「～好冷、好冷！」

「冷死啦！太冷了！」

「怎麼會這麼冷呢～！」

小妖們冷得嘎答嘎答發抖，你一言我一語地抱怨著。神將白虎瞥它們一眼，不動聲色地說：「因為空中的風比地面冷。」

猿鬼瞪大了眼睛。

「咦？不是愈靠近太陽愈暖和嗎？」

獨角鬼指著地面說：「如果下面比較溫暖，就往下降嘛！」

「往下降吧、往下降吧！這樣下去會凍死。」

聲淚俱下的龍鬼，不知道是不是因為長得像蜥蜴，所以跟蜥蜴一樣怕冷。

白虎望著遠處，表情格外淡定。

神將白虎越過大海，從大陸來到這個美麗的日本島國已經很久了。居眾神之末的自尊，常在他心中。奉大陰陽師安倍晴明為主人的驕傲，也無論如何都不會放棄。

投入安倍晴明旗下已經六十多年了，發生過很多事，但這次的體驗還是有生以來第

一次，他說什麼也不想承認現在的心情。

舉例來說，就是可以稱為空虛、苦悶、惆悵之類的情感吧？但他斷然拒絕承認這點。

自恃甚高的神將，為什麼、憑什麼非送小妖們去伊勢不可呢？縱使有種錯覺，彷彿這種悲哀的自問自答不斷在心中某處湧現，他還是告訴自己，是自己想太多了、一定是自己想太多了、希望是自己想太多了、就當作是自己想太多了，這樣才不至於抓狂。

明明陷入了言語無法形容的情感掙扎中，白虎卻完全不露聲色。頂多就是大腦會閃過毫無根據的想法：很久以前開創佛教的某國家王子，說不定就是這種心情。

「喂，式神，有件小事想拜託你。」

白虎露出神將不該有的死人表情說：「什麼事？」

猿鬼與獨角鬼相視而笑。

「可不可以請你繞遠路？」

「為什麼？」

龍鬼邊發抖邊插嘴說：「好……好……好冷……」

很不巧，白虎的衣服沒有多餘的布，所以不能蓋住龍鬼。如果是天一或太裳，就可以用袖子包住它。不過，做這種「不在現場的人如果在」的假設有什麼意義呢？

神將白虎難得這麼心浮氣躁，但絕不表現在臉上。

「因為直接去的話，到伊勢剛好是半夜或黎明吧？」

「小姐可能還在睡覺，最好不要吵醒她。」

「好……好冷……好冷……」

神將白虎啞然看著小妖們，現場沒有人可以看透他心中在想什麼。

默默看著小妖們好一會後，白虎淡淡開口說：

「那麼先在這附近休息，天亮再出發。」

小妖們哇地歡呼起來。

「不愧是式神！」

「很好溝通呢！」

「好……好冷……好冷……」

一般人看不見的身影，從雲層覆蓋的天空緩緩下降。

◇　◇　◇

3

早晨的天空，總算放晴了。

「只能說是半晴天吧？」

看著微弱的陽光，晴明皺起了眉頭。

雲層似乎一天比一天厚了。如果海津見宮的神使們說的都是真的，那麼，太陽神的威勢今後也會漸漸薄弱。這麼一來，雨就會再污染大地。已經逐漸衰滅的保護神域的力量，恐怕會被消滅，不該被污染的神之國也會受到污染。

縱使設有祭壇，神也不會降臨了。沒有太陽神的加持，伊勢就會失去光芒。

伊勢神宮祭祀著這個國家的總神，失去祂的加持，所有活在這個國家的人民，就得不到神的加持。

「乾脆請神降臨吧？可是，這應該是神宮的神職人員每天必做的事啊！」

兩道神氣降落在神情凝重的晴明背後，是青龍和玄武。

「回來了？」

神祇大副去世的第二天，晴明就派他們去伊勢各地視察，尋找威脅齋王與脩子生命的邪惡痕跡。因為沒有線索，只好做地毯式搜尋。

有時太陰與六合也會加入搜尋。但眼看著時間流逝，卻還是得不到任何訊息。晴明開始焦慮，除了擔心齋王的身體狀況外，還有其他事使他的心跳加速，他卻掌握不到真相，心情愈來愈煩躁。

「晴明，這樣漫無目標地行動，只是時間的浪費。」青龍不高興地說。

晴明無言以對，這種事他當然知道。

「起碼有個什麼指標嘛！連這樣都做不到嗎？晴明。」玄武抬起頭說，晴明滿臉苦澀。

在京城的自己家裡，占卜工具、書籍，應俱全。還可以根據過去的紀錄做推論，從中找出答案。可是這裡是離京城很遠的伊勢，陰陽道具、占卜工具都不齊全。

雖然勉強取得了天津金木術⑰所使用的草稈，但是他向來以觀星和式盤為主要占卜方式，所以解讀不熟悉的天津金木術，怎麼樣都不夠精細。

「嗯……不管好不好用，是不是都該學會使用呢？……」

晴明這麼沉吟著，玄武對他說：

「晴明，這是騰蛇常對昌浩說的話啊！你怎麼可以跟他一樣呢？」

「真沒禮貌，昌浩是學不會式盤，更學不會天津金木。我沒說我不會，只是還看不太懂。」

青龍板著臉說：「那麼，看懂多少了？」

「說個大概也好，總比什麼線索都沒有的好。」

被兩人輪番攻擊，晴明重重嘆了一口氣。「伊勢。」

神將們愣了一會才有回應。

「什麼？」青龍和玄武滿臉意外地異口同聲反問。

老人嘔氣地接著說：「是伊勢、伊勢，這個伊勢，我占卜出齋王的病因就出在伊勢。」

玄武愕然看著賭氣般連說好幾次「伊勢」的晴明。

「是哦……」

喃喃吐出這句話的青龍，露出異常平靜的豁達表情。

原因出在伊勢。原來如此，說得沒錯。問題是這種事不需要占卜，誰都想得出來吧？

青龍默默轉身，猛然抓起散落在矮桌上的草稈，啪嘰折成兩半。

「青龍，我了解你的心情，可是那些都是借來的東西。」

青龍不理會玄武，把草稈扔到庭院裡，啪啦啪啦四散的草稈看起來很可憐。

「哇！喂，你在幹什麼！」

大家轉向慘叫聲的方向，看到差點被碎片擊中的太陰正抱著頭、縮著脖子。她飛來的時間實在太巧了。

「垃圾要扔到指定的地方嘛！不然人家還以為晴明亂丟垃圾。」

瞠目怒視的太陰走上外廊，晴明驚訝地問：「妳怎麼這麼早就來了？」

晴明的眼神泛起厲色。「難道是齋王或公主發生了什麼事……」

太陰搖搖手說：「不是，是內親王、彰子小姐和風音要去尾野湊，我來報告一聲。」

「什麼？怎麼會這樣？」晴明瞪大了眼睛。

太陰簡單扼要地重述風音說的話，最後做了這樣的結論：

「有隨從還有我跟六合同行，所以不用擔心。不過，可能要到傍晚或晚上才回來。」

「嗯，我知道了，小心點。」

晴明表示了解，太陰就速速飛走了。時間很緊促，她只是來報告的。

「希望晴天能撐久一點。公主和彰子難得去海邊，一定很期待。」

晴明舉手遮住陽光，抬頭望向尾野湊所在的北方天際，玄武對他說：

「內親王的想法還真讓人訝異呢！」

晴明苦笑起來，心想她年紀雖小，責任感卻很強。

脩子才五歲，因為立場的不同，必須比同年齡的小孩成長得更快。她知道政治對她母親有多大的影響，她有切身的體會，而不是靠頭腦思考。

那麼小的公主會願意來伊勢，是因為她比任何人都想守護母親的立場。

「像齋王那樣淨身，也改變不了任何事吧？」

青龍的臉還是很臭，不屑地聳聳肩，但話中沒有責怪的意思。對於公主的心思，他多少也能理解。

晴明嘆了口氣。

上個月舉行神嘗祭時⑱，恭子公主抱病前往外宮和內宮，做了齋王該做的事。勉強完成任務回到齋宮後，高燒更加嚴重，身心都飽受折磨。

主持神嘗祭是很重要的工作。齋王直接前往神宮，一年只有三次，就是水無月（陰曆六月）、師走（陰曆十二月）、長月（陰曆九月），稱為「三節祭」。

公主會在葉月（陰曆八月）的最後一天淨身。儘管還是夏末，海水應該也已經變冷了。但是，聽說公主還是把祭典當成自己的任務，抱著必死的決心做了淨身。

神祇大副是在神嘗祭結束後就往生了。就像是為了辦好遷宮和神嘗祭，硬撐到了那個時候。

脩子或許是想代理齋王的職務，全心全意侍奉把自己召來伊勢的神，希望可以藉此取得神的寬恕。因為還是個孩子，所以有顆天真純粹的心。在決定前往伊勢時，她可能就做好了心理準備。

＊　＊　＊

脩子乘坐的轎子到達尾野湊時，巳時⑲已經過了一半。

微弱的陽光從稀薄的雲隙灑落，反射在波浪上。

轎子被輕輕放下，脩子走出來，看到灰色的沙灘、冒著白色泡沫滾滾而來的波浪，不禁目瞪口呆。

在來伊勢的路上也有機會看到琵琶湖，但因為下雨的關係，視線不清，只看到迷濛的煙霧。所以脩子與同行的彰子今天都是第一次看到海。

如果是大晴天，會更美呢！風音這麼想，覺得有點遺憾，瞄了隱形飄浮在半空中的太陰一眼。

《我可以試試看，可是沒辦法吹走所有的雲哦！》

太陰回答後，一舉飛上天際，爆發出暌違已久的通天力量。

雲層瞬間被衝破一個洞，強風很快把雲吹散了。風勢還延伸到地面，被強風捲起來的沙子打在一行人身上。

「哇啊！」

大驚失色的隨從們的叫聲響徹雲霄，轎子被捲起的強風吹倒了。

風音正要抱住脩子和彰子時，眼前蹦出一個身影。
用深色靈布包住三人的六合，使出通天力量擋開沙塵暴。
風與通天力量相衝撞，在沙灘上畫出奇妙的沙紋。
六合嚴厲地瞪著天空。
太陰飄浮在雲層大洞的湛藍天空中，擺出歡呼勝利的姿勢。
「太陰，妳做得太過火了。」
大概是聽到這句話，太陰沮喪地飛下來。
從靈布探出頭來的風音碰碰六合的手臂說：「對不起，是我拜託她的，別怪她。」
六合嘆口氣，稍微握起拳頭，在風音的額頭上輕輕敲了一下。
隨從們都嚇得站不起來了，六合從他們中間走過去，毫不費力地抬起翻倒的轎子，然後從風音手中拿回靈布，把沙子拍乾淨就隱形了。
降落地面的太陰顯得無精打采。
「對不起，妳們還好吧？」
脩子和正在替她整理衣服的彰子說：
「嗯，沒事。」
「我們很好。」

脩子抓住太陰的手說：「剛才是太陰做的嗎？」

「嗯、嗯。」

脩子滿面笑容，對畏畏縮縮的太陰說：「好厲害，太陰好厲害。」

「是……是嗎？」

被這麼用力讚美，太陰才放鬆臉部表情，鬆了一口氣。

脩子開心地指著大海說：「看，好漂亮，閃閃發亮。」

陽光從雲間的洞照射下來，把水面照得波光粼粼。當波浪往後退再席捲過來時，閃爍的模樣就會改變，看起來好有趣。

脩子興奮得直叫好棒、好棒，彰子牽起她的手，把她拉到海灘邊。

太陰有點不好意思地搔著頭，一看到六合告誡的眼神，慌忙收斂表情。

全身都是沙子的隨從們看到突然出現的高大年輕男子、在空中自由飛翔的女孩，都嚇得直翻白眼。

這就是安倍晴明的式神嗎？他們都聽過傳聞，交頭接耳地談論著。

神將們並沒有刻意隱瞞自己的存在，所以毫不在乎被他們看見。再說，展現自己的存在，在必要的時候也比較好行動。

這裡是伊勢，跟京城不一樣，連晴明都為做不好占卜而心浮氣躁。

對晴明和神將們來說，保護齋王和被扭曲的神諭召來伊勢的脩子，以及陪脩子一起來的彰子的安全，是最重要的事。更進一步說，除了六合外，完全沒人擔心風音的安危。連六合擔心的都不是她本身的安全，而是怕脩子發生什麼事時她會第一個跳出來。

脩子忙著逃開沖上來的波浪，又忙著追逐退去的波浪。鞋子快碰到白色泡沫時，她就趕快退後，在吸滿海水變成黑色的沙灘上留下足跡。

當沙灘被波浪沖刷乾淨時，她就再開心地留下足跡，彰子笑咪咪地看著她。

到伊勢後，彰子第一次看到她笑得這麼天真。平時的她，總是飄盪著與稚氣的臉不符的悲愴感。風音可能也是因為這樣，才想帶她來尾野湊。

恢復小孩子模樣的脩子哈哈大笑著。

她撿起被波浪捲上來的貝殼，排列在沙灘上。忽然，她的視線停在海面上。

「那是……什麼？」

彰子往她指的地方望去，有顆桃色的球在波浪間漂蕩。

「是球吧？可能是哪個小孩的球被沖走了……」

「那麼要還給那個小孩才行，希望會漂來這裡。」

漂浮在海面上的球隨波逐流，眼看著就要漂向更遠的地方了。

脩子砰地拍手說：「對了，太陰，妳去撿回來。」

在彰子旁邊盯著球看的太陰點個頭，飛到海面上。

就在手伸向漂浮的球時，太陰忽然靜止不動了。

綁在耳朵上方的兩綹棕色頭髮在神氣的風中搖曳。太陰俯瞰著水面，眨眨眼睛，喃喃叫了一聲：「啊……」

在海灘上觀看的脩子和彰子，對太陰的舉動感到訝異。

「怎麼了？」

「不知道……」

彰子看到脩子忐忑不安，就靠近她，把手搭在她肩上。

太陰回頭看著彰子。

不知道是不是太多心，彰子覺得她的眼神似乎說著什麼。

彰子疑惑地歪著頭。太陰撿起漂在波浪上的球後飛了回來，卻不知為何兩眼發直。

在沙灘降落後，太陰就默默把球塞給了彰子。

看到這顆球，彰子張大了眼睛。「咦……獨角鬼?!」

一直以為是球的圓形物體，竟然是昏過去的獨角鬼。

彰子急忙接過小妖，心想應該在京城的小妖，怎麼會在這裡呢？

「獨角鬼，你怎麼了？為什麼會在這裡……」

她跪在乾沙子上，輕輕拍打獨角鬼。小妖張大著嘴巴，一動也不動。

「獨角鬼、獨角鬼！你醒醒啊……！」

這時候，悲哀的哭泣聲隨風飄來，傳到彰子耳裡。她抬起頭，看到又聚集起來覆蓋住天空的雲層上，有熟悉的身影。

「嗚哇哇啊啊啊！阿獨、阿獨！」

「你在哪啊啊啊！阿獨！快回答我啊！」

攀在白虎身上哭天喊地的是猿鬼和龍鬼。白虎似乎看到沙灘上的同袍了，直直往這裡飛過來。

「阿獨！阿獨！」

「嗚哇！阿獨！阿獨……阿……」

對著波浪四處張望的猿鬼，突然停止了叫喊。

「看，阿龍，是小姐！」

「咦？小姐……阿獨！」

猿鬼和龍鬼放開白虎的手跳下來。下面是海。頭朝下掉落的小妖濺起飛沫，沉入海底又浮上來，沉沉浮浮地游向沙灘。

終於游到沙灘上後，猿鬼和龍鬼就哭著衝向了彰子。

「小姐！」

全身濕答答的兩隻小妖逐漸逼近，彰子滿臉驚訝，一時反應不過來。

這時候，六合在彰子與脩子面前現身，一把抓住了正要撲向彰子的小妖。

被拎在半空中的兩隻小妖拳打腳踢地掙扎著。

「哦哇！你幹嘛啦，式神！」

「不要妨礙我們難得的感人重逢嘛！」

兩隻小妖強烈抗議。太陰合抱雙臂，岔開雙腿站著，眼睛冒火。

「你們這樣濕答答地撲到小姐身上，會把小姐弄濕啊，動動大腦嘛！」

猿鬼與龍鬼面面相覷，身上的海水啪噠啪噠掉落在沙灘上。兩隻小妖不好意思地垂下頭，讓太陰用風把它們吹乾。

吹到全乾時，白虎才飛下來。

未免飛得太慢了。距離那麼短，怎麼會這麼花時間呢？

太陰懷疑地看著白虎，發現他的表情有種奇妙的豁達。

「白虎？」

同袍默然點著頭，表情平靜得很不自然。

「好久不見了，太陰，妳好嗎？」

「嗯……還好……」
「是嗎？那就好。」
太陰心想最好不要再追問了。
她又重新轉向小妖們。看起來面無表情的六合，眼神也好像有很多話要說。
小妖們要來的事，他們的確聽說了。
昨天小妖們要求帶它們來伊勢朝拜，晴明答應了。今天為了來尾野湊，大家從早上就東忙西忙，把這件事都忘了。
猿鬼和龍鬼看著彰子手中的獨角鬼，又淚如泉湧。
「阿獨……太好了，找到你了！」
「突然吹起狂風，這傢伙太輕，就被吹走了。」
「咦……？」
兩隻小妖哭著說，海那麼大，害它們好擔心獨角鬼沒救了。
彰子看著它們，心想那陣狂風難道是……
「——」
太陰默默眨著眼睛。她瞄一眼白虎，高大的風將似乎已經猜到是怎麼回事，什麼都沒說，只敲了一下她的頭。

六合、風音、太陰和白虎，所有視線短暫交會，示意不要再談這件事了。
獨角鬼在啞然失言的彰子手中動了起來。
「唔……唔……」
慢慢張開眼睛的小妖，看到俯視著自己的彰子，開心地笑了。
「在另一個世界……也有長得很像小姐的人呢……小姐，我多想見妳最後一面啊……」
彰子看著淚如雨下的獨角鬼，苦笑起來。
「獨角鬼，你還好吧？」
「哦呀？」
「你在說什麼啊，笨蛋！」
「你還活著啊！她就是小姐！」
聽到另外兩隻小妖的哭喊聲，獨角鬼張大了眼睛。
「你們……那麼，我、我……小姐，嗚哇啊啊啊！」
獨角鬼抓著彰子，哭訴自己被海浪捲走，還以為沒救了。三隻小妖一起纏著彰子，哭著說太好了、太好了。太陰看著它們，良心有點受到苛責。
脩子看得目瞪口呆，拉拉風音的袖子，指著小妖問：「雲居，這是什麼？」
風音苦笑著對脩子說：「它們是京城的小妖……就是妖怪，來伊勢朝拜。」

脩子感嘆地說：「妖怪也要來朝拜，好奇怪哦！」

神將們都在內心表示同意，認為她說得一點也沒錯。

重逢的興奮持續好一會後，小妖們才把注意力轉向第一次看到的沙灘，開始嬉鬧起來。脩子興致勃勃地看著它們，猿鬼邀她一起來玩，被龍鬼和獨角鬼抓住衣服下襬的彰子也加入它們，一起追著波浪跑。

太陰看著他們，低聲嘀咕著：「這樣好嗎？小妖也是妖怪啊！」

脩子每天都在淨身，做得十分徹底。雖然不知道派不派得上用場，但既然決定這麼做，就要儘可能遠離污穢。

六合開口說：「它們也泡進了尾野湊的水裡，應該沒什麼問題吧。」

「萬一發生什麼事，我會消滅它們。」

說得毫不遲疑的，是滿臉不在乎的風音。不知道為什麼，白虎看著這麼說的她，眼神似乎充滿了好感。

見到白虎這副模樣，太陰很想知道發生了什麼事，又覺得不該問，就不再想了。

隨從們都嚴加防備，把轎子移到防風林附近，默默守護著脩子她們。人數看起來減少了，可能是輪流去巡視以維護安全。

風音仰頭望著天空。

剛才太陰吹開的洞已經完全密合了。雲層比早上更厚，遮住了陽光。

太陰動動鼻子說：「有雨的味道。」

潮水中混雜著雨的氣味，風好像也變重了。

向遠方望去，白霧靄靄，海的盡頭已經一片昏暗。

「隨從都沒有準備雨具，最好在下雨前回齋宮。」

六合轉頭往後這麼說，白虎回應他：

「必要的話，可以用我和太陰的風送大家回去，現在應該不會嚇到他們了。」

太陰聽著他們的對話，點了點頭。

脩子他們還忙著在岸邊撿貝殼。

波浪捲來了種種貝殼。他們在貝殼又被波浪捲走前撿起來，放在乾燥的沙子上。

彰子把撿到的櫻花色貝殼拿給脩子看。

「好漂亮。」

脩子看得眼睛閃閃發亮，獨角鬼又幫她撿到看起來跟那個成對的貝殼。

小妖們還找到有白色條紋的雙殼貝、螺旋貝，統統都給了脩子。沒多久，脩子的雙手就塞滿了它們撿來的貝殼。

原本看著塞滿雙手的貝殼而雀躍不已的脩子，忽然浮現落寞的眼神。

「真希望母親也看得到這些貝殼……」

母親定子一定也沒看過這麼多貝殼，尤其是這個櫻花色貝殼，她看到一定會很開心。

彰子從懷裡拿出手帕，攤開來。

「公主，用這條手帕包起來吧！」

「嗯，藤花，妳幫我收好。」

「是，交給我吧！」

彰子露出微笑，看著脩子小心翼翼地把貝殼移到攤開的手帕上。萬一彼此碰撞，破掉就不好了。

為了預防貝殼彼此碰撞，彰子細心地包起貝殼。小妖們感興趣地注視著彰子這樣的舉動。

脩子眺望著海面。

滾滾而來的海浪綿延到天際。聳立著大鳥居的島，就在海的那一邊。

她緊閉嘴唇思考著。那個女孩說她侍奉神，任務是聽神的聲音。

當時，自己在不知不覺中說出了很難懂的話。女孩說那是神的語言，是神藉自己的嘴巴傳達的話。

為什麼自己會被叫來這裡？該做什麼呢？齋王的病為什麼治不好呢？

如果問那個女孩，說不定現在就可以問得出來。

然而，那座島跟這裡隔著海，那個女孩也不會從島出來。那座島沒有讓世人知道，當然不可能派侍從或侍女去。

晴明的十二神將應該可以飛越大海，可是晴明有他的事要做。晴明可能會答應，可是她不能因為自己的私事，借用為晴明工作的重要式神。

嘩啦、嘩啦，嘩啦、嘩啦。

波浪聲不絕於耳。

風音靠過來，跟彰子說話。她的聲音被波浪掩蓋了，沒有傳到脩子耳裡。

嘩啦、嘩啦，嘩啦、嘩啦。

小妖們談論著什麼，被波浪掩蓋了，聽不見。

嘩啦、嘩啦，嘩啦、嘩啦。

——……

脩子眨了眨眼睛。

她瞪大眼睛望著浪聲迴盪的大海。

不曾停歇的波浪聲，席捲了她的聽覺。

——……來……

腦中乍然浮現人影般的影像。有人站在耀眼的光芒中。
光芒太過耀眼，看不清楚模樣。
那個身影緩緩招著手。
——……來……這裡……
脩子蹣跚地跨出了腳步，沿著岸邊往前走，呼應那個人的召喚。
那是誰呢？她非去不可。
腳陷入沙子裡走得搖搖晃晃的脩子，被纖細的手指抓住了肩膀。
「公主。」
脩子猛然清醒，轉過頭去，看到風音擔憂的表情。
「風音……」
「妳怎麼了？」
脩子眨眨眼睛，指著大海盡頭說：
「有人……在呼喚我。」
風音瞪視著脩子指的地方，低聲沉吟。
「有人在叫妳？」

4

臥病在床的齋王恭子，呼吸一直很急促。

突然間，照顧她的奶媽發現她的呼吸不再急促了。

「齋王大人？」

恭子猛然抬起了眼皮，深吸一口氣後，發出了不屬於她的聲音。

「把依附體——」

✦ ✦ ✦

晴明接到通報，說從尾野湊回來的脩子要見他，就在傍晚時去了內院。

在走向脩子居住的主屋途中，聽到隨風傳來的喧噪聲。

熟悉的吵鬧聲，一聽就知道是小妖們，看來它們是平安到達了。

晴明先打聲招呼，請求入室，風音就出來了。

小妖們看到晴明進來，立刻哭著叫喊：「晴明，救救我們！」

看到小妖們哭喊著衝過來，晴明訝異地眨了眨眼睛。認識很久的小妖們，身體都變得透明了。

「我們愈靠近齋宮，身體就愈奇怪。」

「愈來愈沒力氣，有種輕飄飄的感覺。」

「這是怎麼回事？晴明！」

神將們看著小妖們的表情十分沉靜，與爭相哭訴的小妖們成對比。脩子似乎很擔心它們，風音則是強壓住了苦笑。

「呵呵……」晴明心中有數，笑著說：「妖怪沒做任何準備就進入齋宮，難免會這樣。」

神將們的眼神同樣說著：沒錯，就是這樣。

齋宮有神聖的保護，妖怪進來不可能沒事。他們能存活到現在已經很不可思議了，應該是風音做了什麼防護措施。她的表情像是在說，接下來就交給你了。晴明以沉默回應她，對小妖們招招手說：「你們過來這裡。」

脩子住的地方是在有特別守護的內院裡，對妖怪們的傷害特別大。

「玄武，麻煩你把它們帶去我住的地方。」

隱形的玄武現身，深深嘆口氣便帶著小妖們走了。青龍也隱形待在附近，晴明卻選擇了玄武而不是青龍，這也是他的慈悲。

轉移到中院，它們多少可以撐久一點。稍後要給它們可以彈開神氣之類的東西才行。

朝拜是小妖們來伊勢的目的之一。身為妖怪的它們興匆匆地來到了這裡，當然要幫它們實現願望。

相隔這麼久再見到它們，有種沒來由的放鬆感。它們雖然是妖怪，卻也可以說是知己。不過，前提當然是它們對人類無害。

「晴明參見公主殿下。」

晴明才剛坐下來行完禮，脩子就急著對他說：「晴明，我看到了什麼人。」

「啊……？」晴明疑惑地歪著頭。

脩子焦慮地比手畫腳說：「在海邊看到的，那個人在叫我，我想我非去不可。」

聽完脩子指著右邊說的話，晴明摸著下巴思索。

這時候風音插嘴說：「她說有人召喚她，她要去沙灘東邊。」

「東邊……」

晴明也去過尾野湊，他在腦中描繪那裡的場景，開始思考。

在尾野湊的東邊，有人呼喚脩子，會跟這次的神詔有關嗎？

「公主，妳有看到是什麼人嗎？」

脩子想了一下說：「沒有，太刺眼了，看不見，可是看得到那個人在向我招手。」

聽到內親王這麼說，晴明若有所思地瞇起了眼睛。
公主說太刺眼，所以看不見。
身分不明的某人召喚著脩子。會是扭曲神諭把脩子叫來的人嗎？
晴明看著風音說：「風……嗯，雲居，妳有什麼線索嗎？」
風音搖搖頭說：「沒有，也沒有察覺到任何不好的氣息。」
果然，晴明也一樣，如果脩子身上有留下那個氣息的痕跡，就可以從中找到真相。
脩子連續淨身好幾天，徹底洗淨了污穢。現在的她，對妖魔來說是最好不過的獵物。
風音也很擔心這件事。據神將們說，風音儘可能不離開脩子，萬不得已時也會拜託神將們保護她。風音一定是有什麼感覺，她身上流著神的血脈，所以直覺有時比晴明還敏銳。連這樣的風音都察覺不到，可見敵人擁有相當強大的力量。必須提高警覺。
正審慎想著這些事時，彰子端著梳洗頭髮用的盛水容器走過來了。
「公主，我幫妳整理頭髮。」
彰子把冒著蒸汽的盛水容器放在一旁，對晴明行禮致意。
晴明堆起笑容說：「海風會讓頭髮跟肌膚都變得黏答答的。」
聽到熟悉又穩定人心的聲音，彰子點點頭說：「請問你們還有話要談嗎？」
「沒有，剛剛談完了。公主，我會去查這件事，妳什麼都不用擔心，好好休息吧！」

老人行禮準備告退，聽話又乖巧的脩子遲疑地問：「我……是不是應該要去呢？」如果那就是把自己叫來的神，那麼，自己就是為此而來的。

晴明搖著頭說：

「不，還很難說。今晚請好好休息，妳應該有點累了吧？尾野湊怎麼樣？」

話題一轉，脩子的眼睛就亮了起來。

「很美，海浪閃閃發亮。對了，我們撿到很多貝殼呢！藤花，把貝殼拿來。」

彰子笑笑，把放在矮桌上的手帕包裹拿過來。

脩子在晴明面前把手帕攤開，拿起稍大的螺旋貝說：「這個給你，晴明。」

「真的好嗎？」

「給你，請你救救齋王。」

沒想到公主會這麼說，晴明張大眼睛，鄭重其事地說：

「是，為了報答公主欽賜的榮譽，我晴明無論如何都會治癒齋王。」

然後又像想起什麼似的，晴明接著說：「公主，可以再給我這幾個小貝殼嗎？」

晴明指著外表說不上漂亮的幾個小貝殼，脩子有點意外地看著他，但還是答應了。

晴明把貝殼收進懷裡，就從脩子房間告退了。風音把脩子交給彰子，也跟著晴明出去了，大概是擔心脩子看到的人影吧！

只有隱形的六合留在脩子身邊，太陰和白虎也跟著晴明離開了主屋。

送走他們後，彰子開始替脩子細心梳洗被海風吹得黏答答的頭髮。

為了預防感冒，她還準備了很多毛巾先擦乾水氣，再把火盆拉過來，靠熱氣把頭髮烘乾。她邊儘可能地擦去水氣，邊想著或許可以請哪個風將幫忙吹乾。

脩子的頭髮又黑又濃密，長大後一定會有一頭烏黑亮麗的長髮。

彰子從懷裡拿出梳子，輕輕替內親王梳著已經乾了大半的頭髮。抹上山茶油的梳齒一滑過，黑髮就更疏鬆、更順了。

脩子看到彰子的梳子，好奇地問：

「這是藤花的梳子嗎？」

彰子停下梳頭髮的手，瞇起眼睛說：「是的。」

「我也有，是來伊勢時，父親送我的。」

脩子說她一直珍藏著，沒有拿出來用。

她又要求看梳子，彰子就欣然遞給了她。

用黃楊木和玳瑁做成的梳子，是彰子剛住進安倍家時，昌浩從市場買回來送她的。剛拿到時，她也跟脩子一樣捨不得用，收起來珍藏。後來小怪告訴她，物品會比較喜歡被人拿來使用，她才開始用。

決定來伊勢時，聽說齋宮會準備大部分的生活用品，所以她儘可能減少行李，這把梳子是極少的隨身物件之一。

「這也是人家送的，我很珍惜。」

脩子雙手捧著梳子，目不轉睛地看著。彰子趁這時候把用過的毛巾收起來，站起來說：「六合，拜託你一下。」

彰子跟隱形的神將打聲招呼，就去把盛水容器和毛巾放回原處。

獨自留在房裡的脩子，把梳子翻過來翻過去仔細端詳。梳子維護得很好，梳齒齊全，梳起來很順，看得出來藤花很珍惜它。

有腳步聲靠近，脩子以為是藤花，回頭看到的卻是命婦。

命婦跪下來，向她行個禮說：「公主，請跟我來。」

「咦……？」

「齋王請公主過去。」

脩子瞪大了眼睛。

彰子收好東西後，遇到正要回房間的風音。兩人一起回到主屋，發現脩子不見了。

六合在驚慌的兩人面前現身，告訴她們脩子被命婦帶走了。

命婦說事情很緊急，脩子就直接跟命婦去見齋王了。

「我看著她進入齋王的寢室後才回來的。」六合說。

風音鬆了一口氣，這裡是齋宮的內院，應該不會發生什麼事。

「齋王找公主去，是為了什麼事呢？」

彰子喃喃自語，風音也微傾著頭思索，心想會不會是聽說她去了尾野湊，想問問她感覺怎麼樣？奇怪的是，那個命婦怎麼會答應這件事呢？

風音有點擔心，前往齋王寢室，但在廂房被待命的奶媽恭敬地攔住了。

「齋王跟公主正在談重要的事，等她們談完，我會送她回去，請在房裡等。」

奶媽都這麼說了，風音只好告退。雲居是以豪族女兒的身分進入皇宮，地位不算高，必須聽從奶媽或命婦的指示。

沒辦法，她決定先回去做好準備，讓脩子一回來就能上床休息。

太陽完全下山了，隨從點燃燈籠照亮了走廊。搖曳的火焰閃過視野，風音停下了腳步。

她也跟晴明談過，脩子到底看到了什麼？又是什麼在折磨齋王？

儘管減弱了一些，但這裡畢竟是神國伊勢，負責侍奉神的齋王居住的齋宮還是跟神宮一樣，有神聖的守護力量。那東西居然可以輕易闖關，把齋王折磨得那麼痛苦，而且不留一絲痕跡。隱藏在背後的，究竟是多可怕的妖魔呢？

幾個身影降落在夜幕低垂的尾野湊。

雲層覆蓋的天空中沒有星星，視線非常不清楚。滾滾而來的波浪，聽起來像雨聲。

「快下雨了。」

這麼低喃的二十多歲年輕人，是使用離魂術將魂魄與軀體分開的安倍晴明。他的軀體在中院的房間裡，由太陰看守著。

神將青龍、白虎和玄武三人跟在他身旁，斜睨著濺起白沫的大海。

「東邊的方位是……」

倏子所指的東邊，海岸線連綿延伸。那邊究竟有什麼呢？

「只好去看看了。」

這是目前唯一的線索。

白虎的風包住所有人，飛上了天空。

雨的氣味愈來愈強，這是沒多久後就會下雨的徵兆。

乘風飛翔，直直往前去，就會到達海津島。

從海津見宮來訪的兩名神使所說的話，在晴明腦中浮現。

那是違背天意的雨。那是違背天御中主神之意的雨。然而，神諭被扭曲了，天御中主神沒說需要依附體。是其他什麼存在需要依附體，所以扭曲根源之神的神諭，假傳神詔。可以做到這樣的妖魔，想必是很難對付的敵人。

飛翔在空中的白虎忽然出聲說：「我記得前面有間輿玉神社。」

裡面的祭神是國津神猿田彥大神，在天孫瓊瓊杵尊降臨時，是由祂負責帶路、沿途驅除邪惡障礙，所以這間神社是把祂當成祈求開路平安的神明來祭拜。

看到並排在海面上的夫婦岩⑳以及綁住兩顆岩石的注連繩㉑，一行人就飛下來了。既然來到神社，就不能過門而不入。猿田彥大神被供奉在伊勢國的一宮㉒，是等級很高的神明。

穿越鳥居，進入神域後，晴明察覺到了異狀——整個神域都充斥著粗暴、焦慮的憤怒。連神將們都倒抽了一口氣，這種狀況非同小可。

呆呆佇立的晴明，發現擺在神社最裡面的鏡子前，有熱氣嫋嫋搖曳。

輪廓不清的白色身影從中浮現，放射出耀眼的光芒，把晴明的眼睛刺得張不開，只好撇過頭去。舉起手遮光，才能勉強在手臂後面張開眼睛。那個發光體的外貌，怎麼樣都看不清楚。

晴明跪了下來。那個身影散發出來的氣是比充滿神域的氣更強、更劇烈的濃縮體。晴明看到的外貌，應該是自己在腦中描繪的模樣。

神將們也跟著主人下跪，因為對方是必須崇敬的存在。

「皇家的公主呢？」

莊嚴的神威轉為聲音，灌入晴明的耳朵，他低著頭說：

「不在這裡……祢是猿田彥大神吧？」

沒有回應，就是肯定。萬一搞錯，會出大事。

「召喚內親王來伊勢的是猿田彥大神嗎？」

「不是。」

晴明猛然抬起頭，中途視野被刺眼的光芒灼傷，他趕緊用手掌遮住眼睛。光芒的刺激度，就像用肉眼直視太陽。

「召喚公主來伊勢不是我的意思，但我的確有叫她來這裡。」

「這裡」是指這個神域嗎？為什麼？

晴明正覺得疑惑時，在他身後待命的青龍似乎想到什麼，出聲叫喚：「晴明——」

晴明沒有回頭，在心中與式神交談。青龍用不像他的焦躁聲音接著說：

「我們可能都想錯了。」

「什麼？」玄武和白虎滿臉疑惑，默默看著同袍。

青龍臉色凝重地說：「齋王的病真的是妖魔在作祟嗎？」

出乎意料的疑問，把晴明問得說不出話來。

在神聖的伊勢，折磨擔任巫女侍奉神明的齋王，等於是與神明敵對。即使不是敵對，也是違背神意的行為。

聳立在海津島地底深處的國之常立神的痛苦折磨，是來自人類在無意識中釋放出來的邪念。妖魔等同於那些惡意。怨懟、憎恨等負面力量，會製造出妖魔鬼怪，或增強它們的力量。

所以，折磨齋王、帶來災難的是——想到這裡，一記悶棍般的衝擊襲向了晴明。

「唔……！」

在齋宮降臨的神說過神諭被扭曲了。那個神是「根源之神」天御中主神。雨折磨著「大地之神」國之常立神。降雨的雲層覆蓋天空，污染了神國伊勢，減弱了天照大御神的力量。

海津見宮的神使說的話，瞬間閃過腦海。

——巫女神是天照大御神的和魂，和魂一減弱，就會失去平衡。

晴明的額頭直冒冷汗。

不會吧？

「難道是天照大御神扭曲了神諭?!」

經常在齋宮顯現神威的太陽神，是伊勢內宮祭祀的神明，也是皇家祖先。

這樣就解釋得通了。那股神力不論在齋王身上注入多少，都沒有人會覺得奇怪，不可能產生懷疑。

晴明一直在尋找殘害齋王的敵人，但是神並不是在殘害齋王，再怎麼說那股力量也是神威，只是荒魂的神威太過激烈、強勁，身為人類的齋王沒辦法承受而已。這種狀況，當然找不出原因。

「大日靈女貴尊被污染，導致大日靈子貴尊發狂。」猿田彥低沉的嗓音，更增添了淒厲的味道。「日靈子的憤怒很可怕，已經沒辦法平息了。」

就在這時候，覆蓋天空的厚厚雲層遠方閃過白光，像在呼應那句話，緊接著，響起怒吼般的雷鳴。雨水啪答啪答滴下來，雨勢轉眼間變大，打在晴明和神將們身上。

從頭到尾都沒出聲的玄武驚訝地詢問：

「晴明，這是怎麼回事？天照大御神為什麼要殘害齋王？」

晴明舉起一隻手，要他稍等一下。換個角度去想，所有事就瞬間連接上了，只是超越想像太遠，晴明一時還無法接受這樣的震撼。

在豪雨中，他做了個深呼吸，整理自己的思緒。

「神使們不是說過嗎？天照大御神是巫女神，而巫女神是祂的和魂。」

晴明不禁詛咒自己的大意。認定是妖魔在折磨齋王的先入為主的想法，蒙蔽了自己的眼睛。

「我居然忘了，神有很多名字，一柱之神可能同時存在好幾位神明。」

白虎張大了雙眼。「是天照大御神的荒魂扭曲了神諭？」

晴明滿臉苦澀地點點頭說：

「恐怕是。絕不會降臨人世的根源之神，會改變模樣、改變名字，向許多人展現神威。那是天照大御神的另一張臉，不是這個國家所有人民及皇家祭祀的神。」

被稱為「天照大御神」來供奉的和魂，是扮演巫女神的角色，將根源之神的旨意傳達給玉依公主，又稱為「大日靈女貴尊」。

與和魂成對的，是天照大御神的荒魂，本身就是根源之神的旨意，又稱為「大日靈子貴尊」。從名字可以看出是男性。

「皇家不是將天照大御神視為祖先嗎？那個祖先並不只是被當成女神的天照大御神，而是被稱為天照大御神的一對神明。」

所以祂的直系子孫瓊瓊杵尊才會被稱為「天孫」。

就跟人類分男女一樣，除了被稱為「獨神」的神之外，所有神都是男女成對。

月讀尊與素戔嗚尊就是最好的例子。月讀尊是素戔嗚尊的和魂，素戔嗚尊是月讀尊的荒魂。所以月讀尊被當成女性。

有人說，天照大御神沒有那種成對的神。也有人認為，月讀尊原本是男性，與天照大御神成對。其實不是那樣，大部分的人都不知道，所謂天照大御神是指成對的兩柱之神。

晴明覺得頭暈。

神諭被天照大御神的荒魂——「大日靈子貴尊」扭曲了。

晴明似乎可以理解祂為什麼折磨齋王恭子，又為什麼把脩子叫來。

「怎麼會這樣……」

青龍隨手扶住了站不穩的晴明。

「怎麼了？晴明。」

晴明不耐煩地撥開了被淋濕而散落的頭髮。

「大日靈子……也就是天照的荒魂，想要的不是依附體。」

「那麼，究竟是……？」

玄武的臉頓時發白。白虎和青龍也想到答案，屏住了氣息。

晴明瞥猿田彥一眼，低聲沉吟著：「大日靈子叫來的不是依附體。」

響起震耳欲聾的雷鳴。

「荒魂要的是血，公主將成為鎮壓神明怒氣的祭品！」

5

晴明忍不住咆哮起來：「猿田彥大神！」

神的身體抖動了一下，晴明不由得逼向祂說：

「你明知道這件事，為什麼還放任荒魂大日靈子貴尊那麼做！」

激動的嗓音穿越豪雨間的縫隙。

晴明還要更逼近一步，被青龍抓住了肩膀。「等一下，晴明。」

「不要阻止我，青龍！」

玄武對瞪著神將的晴明說：

「冷靜點，晴明，猿田彥大神曾試著把內親王找來這裡，因為這裡是祂自己的領域。」

晴明瞠目結舌。青龍細瞇著眼睛說：

「在國津神的領域，即便是天照神也不能隨便動手。」

這時候插入了國津神莊嚴的聲音。

「已經壓不住大日靈子了。不招來新雨，掃除所有的災難、污穢，祂會愈來愈瘋狂。」

天孫從高天原降臨時代表國津神出來迎接的猿田彥大神，仰望著雨勢逐漸增強的烏雲，說話的聲音帶著沉鬱。

「我盡力在阻止這件事，可是大日靈女再躲著不出來，我也無能為力了。」

晴明啞然失言。原來猿田彥想把脩子找來這裡，是因為不想讓她成為祭品。

他這才猛然想起必須保護脩子。

「我們要趕快把公主帶來這裡……」

「太遲了。」國津神短短拋出了一句話。

所有視線都轉向了猿田彥大神，祂淡淡看著所有人說：

「公主已經落入大日靈子手中，不在這世上了。」

晴明不敢相信自己的耳朵。

「祢說什麼……?!」

✖ ✖ ✖

突然下起的雨愈來愈大，不停響起的雷聲彷彿就要把天空震裂了。奔馳而過的雷光，就像白晃晃的刀刃。天空簡直是徹底發狂了。

燈台的光線搖曳著。雷聲一響，彰子就縮起了身子，風音笑著對她說：「妳怕嗎？」

「不、不怕……有點怕。」

彰子先是猛搖頭，後來被啪哩啪哩震響的雷聲嚇得說出了實話。其實，不只有點怕。

「雲居姊姊，妳不怕嗎？」

彰子戰戰兢兢地問，風音微微垂下了視線。「我嗎？……小時候好像很怕……」

不管再怎麼害怕叫喊，也沒有人聽得見，因為沒有人陪在她身旁。就這樣，害怕的感情漸漸消失不見了。

平時陪在她身旁的雙頭烏鴉雖然不會說話，但撫慰般的溫情確實是她唯一的救贖。

倘若有一雙可以抓住的手，情況可能就不一樣了。人會害怕，是因為有可以依賴的存在。

六合乍然現身，黃褐色的眼睛凝視著風音。

「我已經沒事了……」

風音這麼說，露出難以形容的表情，低下了頭。她把手指壓在額頭上，臉上浮現縱橫交錯的種種情感。為了掩飾心情，她猛然站起來說：

「我去看看公主，這樣的天氣可能會嚇到她。」

風音拉起衣服下襬走向齋王寢室，彰子目送她離去後，轉向六合說：

「晴明大人還沒找出齋王的病因嗎？」

六合默默點著頭。彰子發出了嘆息聲。

今晚脩子被請到寢室，會不會是要接下齋王的職務呢？

自己能為她做些什麼呢？

緊握著雙手認真思考的彰子，聽到了活潑開朗的叫喚聲。

「小姐！」

「小姐！」

「小姐！」

是小妖們撐著大大的芋頭葉子，在雨中跳來跳去。

小妖們想爬上外廊，被六合阻止了，因為它們濕漉漉地爬上來，會把外廊和廂房都弄濕。

小妖們不高興地嘟起嘴抱怨著，彰子把毛巾遞給了它們。

「還是小姐細心。」猿鬼把腳擦乾爬上來。

彰子歪著頭說：「你們怎麼來了？」

「妳看，這是晴明給我的。」

得意洋洋的猿鬼，脖子上掛著用繩子串起來的小貝殼。跟它一樣抬頭挺胸的獨角鬼和龍鬼，脖子上也都掛著一樣的東西。

「戴著這個就沒問題了。」
「還可以去朝拜。」
「小姐也一起去吧！」
小妖們嘰哩呱啦說得好興奮，彰子苦笑起來，沒想到它們這麼想朝拜。
「齋王是不是生病了？」
「那個小公主是不是會取代她呢？」
「不過，下這麼大的雨，她也真盡責呢……」
原本笑呵呵地聽著小妖們說話的彰子，這時猛然張大了眼睛。
六合反射性地站起來，無聲地飛奔出去。
小妖們被他的舉動嚇到，忐忑地看著彰子。
「小姐，式神怎麼了？」
彰子抱起獨角鬼說：「公主怎麼了？你們看見了什麼？」
三隻小妖困惑地彼此對看。
風音與命婦在齋王的寢室前爭吵。
「齋王正在休息，雲居大人請回去。」

「那麼公主更不能待在這裡，有她在，齋王會更疲憊。」

「公主沒關係，神諭說……」

命婦驚慌地閉上了嘴巴，表情僵硬，顯然是說溜了嘴。

風音的心跳加速。「命婦大人，妳說什麼？」

中年命婦眼神飄忽不定，風音的目光瞬間變得犀利。

「快回答我，神諭說了什麼？」

與年紀不符的氣勢與冰刃般的眼神，把命婦震住了。命婦下意識地往後退，風音又步步逼近。

「把公主還給我，立刻還給我！」

完全被這股氣勢壓倒的命婦啞然無言，這時候六合趕來了。

「風音！」

很少在不相干的人面前現身的神將居然現身了。風音從他的表情看出了什麼，鎮定地結起刀印，指向命婦額頭。

「……」

命婦叫都沒叫一聲就倒下了。六合在她倒地前扶住她，讓她靠坐在牆邊。

「風音。」六合的語氣中帶著苛責。

「我只是讓她睡著而已，現在沒時間應付她。」

風音粗聲粗氣地回應。從來沒有被允許進入過齋王寢室的她，一踏入房內，就覺得全身寒毛豎立。

一股強烈的氣充斥著整個房間。

「這是什麼……！」

背脊一陣寒慄。齋王的寢室有無比強韌的守護，邪惡的東西無法入侵。這不是邪惡的東西。既不是妖也不是魔。妖魔之輩碰觸到這樣的神氣，絕對不可能存活。

在此之前，風音從來沒有見過齋王。她現在只是脩子的侍女。齋王向來被要求遠離俗世，所以皇上的直系血親脩子還有可能見到她，身為侍女的風音當然不可能。晴明能見到她，也是特例。

讓人窒息般的濃密氣息，籠罩著臥病在床的齋王。強烈得刺骨、壓得人喘不過氣來的這股氣息，風音知道是什麼。

「這是……誰的荒魂？」她低聲沉吟，很快就想到答案了。

齋王是傾聽天照大御神之神意、與神相通的巫女。這股氣息只可能是天照大御神的神氣。

風音按住額頭。

「也就是說……折磨齋王的是天照大御神？」

這麼一想，所有的事情就都解釋得通了。無論晴明再怎麼淨化、施咒治療疾病，也不可能除去神意。儘管他身上流著妖怪的血，畢竟還是人類，靈力不可能勝過高天原最高地位的神。

而彌漫齋宮的神氣，再強烈都不會有人起疑。

「公主在哪裡？」風音的臉色大變。

六合抓住她的手說：「小妖們說了讓人擔心的話，恐怕有人在大雨中把她帶走了。」

這時候，臉色發白的風音聽到微弱的聲音說：「神……躲起來了……」

兩人同時轉移了視線。躺在床帳內的齋王，閉著眼睛喘著氣。

「齋王？」

風音單膝跪下，豎起耳朵仔細聽。呼吸急促的齋王，像夢囈般重複說著：

「神……躲起來……光芒……消失了……」

神躲起來，光芒消失了。這情景是不是很像什麼呢？

烏雲覆蓋天空，遮蔽了陽光。突如其來的雷電，代表著神的憤怒。

憤怒的神是天照大御神嗎？為什麼？

包覆齋王、彷彿攫住了齋王的神氣，是荒魂的波動。

忽然間，所有事都連結起來了。風音的心涼了半截。

「難道是……大日靈子貴尊……」

天照大御神的荒魂，與和魂「大日靈女貴尊」成對，被稱為天照大御神。

在遙遠的神治時代，天照大御神受不了素戔嗚尊的粗暴，躲進了天岩戶。因為太陽神躲起來，世界陷入了黑暗中，妖魔橫行、百病叢生。

眾神憂心忡忡，想出了計策，把天照大御神從天岩戶引誘出來。

「天照大御神是躲在……天岩戶……」

喃喃自語的風音站起來，立刻就要往外衝，被六合抓住了手臂。

「妳有什麼線索？」

風音的視線四處徘徊。這裡是人界。傳說中的天岩戶是在高天原，人界有相當於那裡的地方嗎？

這時候，小妖們和彰子跑過來了。

「雲居姊姊、六合。」

小妖們爭相對轉過身來的兩人說：

「跟公主在一起的男人們，好像提到天岩戶什麼的。」

「還有提到磯部山中的神社。」
「還說到神域什麼的，騎馬往那邊去了！」
據它們說，脩子是跟好幾個男人往東方去了。
快速做過幾番思考後，風音腦中靈光乍現。
「磯部的天岩戶……」她抬起頭看著疑惑的六合，很快地說：「好像有這種名稱的地方，在磯部山中，聽說有神水湧現。」
既然是被磯部氏族帶走，那麼，一定是帶去跟他們有淵源的地方。
「謝謝你們，小妖們。」風音輕拍三隻小妖的頭，轉身離去。
六合對彰子說：「在我們回來之前，絕不能來開內院。」
臉色發白的彰子無言地點著頭。六合說完就去追風音了。
彰子抱著獨角鬼，把嘴唇緊閉成一直線。
到底發生了什麼事？為什麼神職人員要把脩子帶出去呢？
從風音與六合的表情，可以看出發生了不尋常的大事。
「小姐……」
然而，自己果然還是幫不上什麼忙，每次都是這樣。
彰子表情扭曲，快哭出來了。猿鬼把昏倒在走廊的命婦拖回房內，訝異地對她說：

「小姐，妳在哭嗎？」
「不像妳耶！」
龍鬼接著這麼說，在彰子懷裡的獨角鬼也插嘴說對啊對啊。
「小姐的任務就是等待嘛！」
出其不意的一句話，讓彰子目瞪口呆。
「咦……？」
「是啊，昌浩每次都說小姐在等我，我要早點回去。」
「公主也會回到小姐等待的地方吧？」
「沒有等待的人，多寂寞啊！」
所有小妖都彼此呼應彼此的話，點著頭說對啊對啊。
彰子眨了眨眼睛，緩緩開口說：「沒錯，我要做好準備，等公主回來。」
公主是在大雨中被帶走，回來時一定凍壞了。
彰子深吸一口氣，猛然抬起頭，揮開所有陰霾，轉身回房。
「你們來幫忙。」
三隻小妖哈哈大笑著說：「當然！」

剛出內院時還只是啪答啪答滴落的雨，不知不覺中變成了豪雨。

在打痛了全身的大雨中，被神職人員抱在懷裡的脩子緊閉著眼睛。

雨勢大到令人窒息。雖然被抱著，脩子還是怕一不小心就會從馬背摔下去。

她聽說神要她去，她就跟這些人離開了內院。

沒說一聲就走，風音和藤花一定很擔心。回去後，要向她們道歉才行。一想到風音會有多著急，脩子就覺得心痛。還有一件事要向藤花道歉，那就是她把梳子也帶走了。藤花很珍惜這把梳子，回去後要馬上還給她。

馬在森林中的羊腸小徑奔馳。小動物都躲在樹林裡，驚慌地看著幾匹馬排成一列揚長而去。

最前面和最後面的騎士手上拿著火把。令人驚訝的是，雖然淋著雨，火卻不會熄滅。

到底要去哪裡呢？

脩子開始有些不安了。不是要去神宮嗎？她想既然是神在召喚她，應該是去神宮，看來是自己想錯了。

可是，她怎麼也不敢問要去哪裡。神職人員個個面目兇惡，瞪視著前方，在那種氣氛下很難開口詢問。

脩子怕摔下馬，緊緊抓住神職人員的手，害怕得全身發抖。

＊　＊　＊

坐在祭殿大廳裡的齋平靜地抬起眼睛。

「巫女神完全躲起來了。」

在篝火與結界外待命的益荒和阿曇抬頭挺胸地站直。

當今的玉依公主走到他們身旁，轉頭往後看著三柱鳥居說：

「太陽神躲起來，這個世界會陷入黑暗。」

好不容易才聽見的神明的話，是給她的警告。

「益荒、阿曇。」

「在！」

齋對回應的神使們嚴格下達命令：

「這是神詔，無論如何都要把躲在天岩戶裡的巫女神帶回這個世界。」

「遵命。」

兩名神使立刻轉身離去。看著他們像疾風般走上石階的齋，望見有人正好與他們錯過，走下了石階。

是磯部守直。

拿著火把的守直，一看到齋就眉開眼笑，齋卻顯得有點拘謹，緊閉著嘴巴。

「我想妳差不多該祈禱完了，所以來接妳回去。」守直才剛說完，又憂慮地接著說：「還是還沒結束呢？那麼，我在這裡等妳……」

齋稍微低下頭搖了搖，守直才安心地吐了一口氣。

「是嗎？那就好。」

守直是磯部氏族之後，卻聽不見神的聲音。他所能做的就是每天祈禱、感謝神明。

齋曾經問他在祈禱什麼，他也回答了。

他說他祈禱前代玉依公主可以安息，齋可以平安健康。

聽他這麼說，齋一句話也講不出來，別開了臉。齋很擔心這樣會惹他不高興，卻還是說不出任何話。

益荒和阿曇不在，齋就不知道該說什麼，只能保持沉默。她一直很努力去適應，卻還是不習慣。

突然被告知有女兒時，守直起初是很驚訝，後來開心更勝過了驚訝。女兒是心愛的公主留給他的，他怎麼可能不開心呢！更何況，女兒還是玉依公主不惜縮短自己的生命所生下來的。現在公主不在了，他下定決心無論發生什麼事都要保護女兒，所以推掉所有職務，搬來了海津島。

島上的度會氏族沒給他好臉色看過，幸好益荒和阿曇會不露聲色地保護他，最近的摩擦也愈來愈少了。

「對了，益荒和阿曇呢？」

齋低著頭，回答守直說：「主人頒佈神詔，要他們……把巫女神……」

猶豫著不知道該怎麼說的齋，皺起了眉頭。守直揮揮手說：「啊，不能說就不要說了，沒關係。既然他們去執行神的指示，那麼在他們回來之前，就由我來保護妳。」

可是才剛說完，守直又自嘲地補充說：「不過，我可能沒多大用處……」

齋猛然抬起頭說：「怎麼會呢……」

視線與父親交會時，齋很想逃離現場，但不管視線再怎麼飄來飄去，她還是鼓起勇氣說：「有父、父親陪我……我很高興。」

勉強把這句話說完，齋就忍不住低下了頭。一直叫不出來的稱呼，終於叫出來了。她幾乎使出了全力，感覺比全心全意祈禱時還要疲憊。

手指不斷顫抖的她，發現自己非常緊張。

守直輕輕握住了她顫抖的手。「走吧，齋。」

在這聲溫和的催促下，齋抱著不知為什麼很想哭的心情，默默點著頭。

6

究竟過了多久的時間，已經沒有感覺了。

冷得嘎嗟嘎嗟發抖的脩子，聽到神職人員停下馬不知道在說些什麼。腦袋昏昏沉沉，聽不太清楚，只聽見「岩戶」兩個字。

從馬上面被抱下來，又被抱著進入了森林。

下著大雨，火把卻還是熊熊燃燒著，不時濺起青白色的火花。

不久後，在火光照耀下，看到了一座小小的鳥居。

出現在嘩啦嘩啦大雨中的木製鳥居，看起來年代久遠。要鑽過鳥居之前，神職人員們都先行了個禮，但是脩子冷得動也不能動了。

男人們爬上了變成河川般的斜坡。

下著滂沱大雨，聽起來很像某天聽到的波浪聲。

在島上遇見的那個女孩不知道怎麼樣了。猛然閃過腦海的臉，表情非常嚴肅。

昏昏沉沉的脩子急忙張開眼睛，振作起來。

在黑暗中，男人們停下來，放下了脩子。

水淹到了腳踝，脩子差點被沖走，用力站穩雙腳。

「公主。」

脩子抬起頭，所有神職人員都面色凝重地單膝跪下來。

「我們遵從神詔，把公主帶到這裡，我們的任務到此為止了。」

脩子默默聽著。神職人員們對她並沒有惡意。

「我該怎麼做？」

「請進去那邊的洞穴裡。」

脩子望向他們指的地方，看到岩石地上有個洞穴。洞穴旁邊有顆大岩石，看起來要倒不倒的樣子。洞穴裡可能有水冒出來，形成一條小河川。因為下著雨，水量愈來愈高，水流加速，水質混濁。

「請進去裡面。」

「然後要做什麼？」

「我們接到的命令，只是把公主帶來這裡。」

「接下來，公主本身應該會接到神詔。」

洞穴幽暗又深不見底，脩子屏住氣息，準備往裡面走。

她緊握雙拳，跨出了腳步。

好幾次差點被水沖走，但她還是繼續前進，神職人員們都默默目送著她。裡面一片漆黑，只能摸著岩壁慢慢往前走，脩子不斷在心中吶喊：母親、母親、母親。母親，我希望妳能好起來，我希望妳肚子裡的弟弟或妹妹可以平安出生。只要我完成任務，神就會實現我的願望，所以……母親。

跪在雨中任憑大雨嘩啦嘩啦打在身上的神職人員們，看到脩子的身影完全消失在黑暗中之後，就慢慢地站了起來。

所有人都把手伸向洞穴旁的岩石，使出渾身力量推動。因為下雨，土壤變得鬆動而柔軟，岩石骨碌骨碌滑動，蓋住了洞穴，接著他們把準備好的注連繩綁在上面。

結束一連串的行動後，他們跪在岩石前，雙手合十擊掌，唸誦祭文。

「謹請神明降臨。她是天照坐皇大御神之依附體。請以天照坐皇大御神大日靈子貴尊之神聖力量，將大日靈女貴尊之尊身歸還於世……」

唸完後，凍結般的神氣攀附在岩石的注連繩上，霹唏一聲，沁入了岩石裡。

微微發亮的注連繩把洞穴與岩石間的縫隙全封死，連剛才的水流也完全被阻斷了。

神職人員們個個大驚失色地盯著眼前這一幕。

被岩石封住的洞穴裡，到底發生了什麼事？湧出來的水被阻斷流不出去，又會怎麼樣呢？

躲起來的天照大御神，真的會回到現世嗎？
結果就看神意了。人類已經束手無策，只能等待。
神職人員們坐在川流般的地面上，動也不動地注視著岩石。

晴明一離開猿田彥大神的神社，便乘著白虎的風趕到禁域。
大雨如注，視線不清。雷電彷彿衝著他們來，幾乎都是擦身而過。
「怎麼想都覺得被鎖定了……」
表情僵硬的玄武低聲說著，晴明沒有回應。神的憤怒，恐怕也朝向了他們。
日靈子這麼生氣，應該是因為巫女神日靈女的污穢沒有被清除。
沒有人想到這件事，完全沒有察覺。神意已經以齋王生病的方式顯現，大家卻都誤解了。
「可是即使如此，那麼做也是故意找碴。」
青龍這麼抱怨，晴明還是沒回應。萬一隨便回應而被日靈子聽見，肯定會遭神作祟。惹到了高天原最高的神，被祂的荒魂作祟——光用想的就很可怕，無法想像會淪落到什麼下場，實在太恐怖了。
他們正前往神宮的森林深處，那裡是誰都不能進去的禁域。

猿田彥大神告訴他們，大日靈子貴尊是坐鎮在禁域深處，而不是內宮的荒魂宮。在天孫降臨之前，猿田彥大神被當成太陽神供奉。所以在天照大御神被邪念之雨污染，力量減弱後，猿田彥大神一直全力守護著伊勢。

晴明思索著。

猿田彥是國津神，與「國之柱」國之常立神有很深的關係。猿田彥本身的力量，應該也被削減得差不多了。

但祂還是全力守護伊勢，而且想盡辦法保住脩子的性命，令人佩服。

想把脩子當成祭品的荒魂日靈子，一般稱為「蛭子神」。根據《記紀》㉓記載，祂出生時因為有殘缺，被丟進海裡，蛭子的名字就從神話中消失了。

恩澤遍及萬物的至高太陽神——天照大御神，是高天原最高位之神。反過來說，就是沒有任何神可以抗拒，祂的強大力量令人生畏。

所以神話把大日靈子的名字藏在天照大御神的背後，大力推崇大日靈女貴尊，把天照大御神當成女神，隱瞞了大日靈子的兇猛。

不是所有人都知道真相。只要知道的一小撮人做正確的祭祀就行了。

事實上，大日靈子貴尊也跟大日靈女貴尊一起守護著伊勢和皇家。正確的祭祀方式，就是最好的證明。

大日靈女平安無事時，大日靈子就平靜地沉睡著。只有在大日靈女遭遇什麼災難時，大日靈子才會醒過來──就像現在。

「晴明，在哪裡一帶？」

以神氣之風全力彈開雨水的白虎指著禁域森林。

「應該是神氣最強的地方，我找找看。」

晴明結刀印，把指尖按在額頭上，閉上了眼睛，集中精神尋找強勁猛烈的神氣。

雨勢愈來愈強，簡直就像颳起了小石子。

沒多久，晴明懊惱地咂了咂舌。

「晴明？」青龍訝異地皺起眉頭。

晴明陰沉沉地說：「有伊勢結界，看不清楚裡面。」

重重包圍神域的神力，徹底阻擋了晴明的靈力。

既然這樣，只能硬闖了。進了神域，就會有辦法。

「可是，晴明，不是有人類不能進入禁域的規定嗎？」玄武擔心地問。

晴明哭喪著臉說：「我現在不是肉身，就當作不會違規吧！」

「這跟是不是肉身無關吧？」

青龍低聲駁斥，白虎和玄武表情複雜地看著主人。晴明自嘲地說：「幸虧我進伊勢後，每天都會淨身除穢，軀體的淨化已經深入魂魄，應該有資格參見神明吧！」

白虎深深嘆口氣。他知道晴明既然這麼說了，就絕不會退讓。

「除了結界外，應該還有日靈子的眷族保護著禁域。所以，宵藍、白虎，」晴明默默轉向他們兩人說：「不能傷到祂們，絕對不准發動攻擊，否則永生永世都會被作祟。」

青龍和白虎都打從心底露出不悅的神色。居眾神之末的神被最高位的神作祟，這可不是好笑的事。

「玄武，你儘可能把雨彈開，雨會縮小視線範圍。」

「知道了。」

就在玄武短短回應的同時，一行人闖入了包圍伊勢的結界。

風音在屏風後脫掉侍女服裝，換上很久沒穿的短裝，俐落地把頭髮綁起來。武器當然沒帶來。早知道會發生這種事，就該在衣服裡藏把短刀。責怪自己粗心大意的風音，從屏風後面走出來時，正好六合回來了，太陰也跟在他旁邊。

「太陰，妳不是要保護晴明大人的軀體嗎？」

「就是啊，所以我只能用龍捲風送妳們去，六合說這樣也可以。」

風音直盯著六合，沉默寡言的鬥將淡淡地說：「這是非常狀態。」

風將太陰的風是怎麼樣的風，風音和六合都很清楚。可能的話，他們都不想搭乘，卻也不得不承認這是最快速的運送方式。

「你們同意的話，我就送你們去囉？現在有小妖們守著晴明的軀體，可是我也不能離開太久。」

太陰在庭院裡咻咻揮著手臂，彈開雨水捲起了氣流漩渦。瞬間膨脹的氣流與神氣的波動相互結合，濺起了飛沫，逆向旋轉。

太陰轉向風音說：「我要聲明，我其實也很想飛去的。」

「我知道。」

「知道就好，你們一定要把內親王帶回來。」

她打算等晴明一回來，就馬上趕去。現在走不了，只能乾著急。目前她最重要的任務就是保護晴明的軀體。

強風包住六合與風音，瞬間飛上了天空，兩人很快消失在傾盆大雨的模糊視野中。

太陰不悅地咬住嘴唇。她還以為國之常立神解脫後，事情就全部結束了。

沒想到種種事情盤根錯節，最後變成原因不只一個。若漏掉其中一個，都會產生新的問題。

所有事情都環環相扣，任何事情都可能在任何地方掀起波紋。

「真的是想來就有氣。」

一知道原因，疑問就排除了。原來是神扭曲了神的神諭。妖魔做不到，但同樣是神就做得到。

問題在於荒魂的特性。風音、六合還有太陰當然都知道，只是不敢講。

彰子很擔心。小妖們總是說，我們要不停地鼓勵她才行。

荒魂想要血。祂召喚脩子來，十之八九就是為了得到她的血。

✖ ✖ ✖

進入神域後，晴明他們在樹木茂密的森林裡降落。

神宮的禁域是神降臨的清淨庭院，有個被稱為「威嚴磐境」的地方。晴明他們沒辦法從天空直接降落在那裡。

他們闖入了禁域，事後也必須為這件事向神請罪。

「晴明，你看。」

晴明望向玄武指的地方，看到樹木前有一群白鹿，連斜睨著晴明他們的雙眸都是白色，一看就知道不是一般的鹿。角長得最出色的鹿邁開前腳，鹿群就跟牠著一起前進了。

晴明不由得往後退。鹿散發出來的氣息，比彌漫神域的氣息更嚴酷。不用說，牠們都是荒魂大日靈子的眷族。

衝過來的鹿群被青龍擋住了。晴明看到他全身迸出神氣，急得大叫：「住手，宵藍！」

青龍高高舉起手掌，把集結的神氣狠狠擊向地面。

漫天飛揚的沙子阻斷了鹿群的去路，被神氣的波動彈飛出去的鹿，向四面八方散去。

滂沱大雨很快沖走了沙子，流入被神氣挖空的地方。

「我沒傷到牠們。」青龍說得理直氣壯。

晴明呆呆看著他說：「的確沒傷到牠們，可是……」

這樣破壞禁域，究竟在不在神的容許範圍內呢？

憤怒的荒魂絕對不可能原諒他們，可是現在說這個也於事無補，晴明只好暫時不去想這件事。

還是尋找神氣吧！朝神威強烈的方向走去，應該就能找到日靈子。

風雨發出轟隆轟隆聲響，重重打在晴明他們身上。閃電伴隨著震耳欲聾的雷聲擊落各處，有時會從晴明肩頭擦過。

那是威嚇。神若是真要他死，他早已沒命了。神的作祟，可以瞬間殺死人。

禁域森林十分遼闊，必須加快速度。

晴明往前奔馳。白虎抓著他的手臂，其他神將也同時邁出神腳。晴明不可能追得上他們，幾乎是被白虎拖著快跑。

雨愈下愈大。

跟出雲的雨不同，這裡面沒有一絲絲的污穢。但畢竟是憤怒的雨，所以光是被淋到，就會覺得內心逐漸發冷。碰觸到神的憤怒，潛意識的恐懼就會不斷湧現、高漲。

晴明咬緊了牙關。

不管神有多憤怒，他都不能退縮。

皇上千拜託萬拜託，親自把內親王交給了他。他發過誓，無論如何都會救齋王恭子公主，剛才猿田彥大神又拜託他，一定要保護脩子公主。

以神之名與神對峙，是多麼可怕的事。

「──」雙眸炯炯如炬的青龍看到前方捲起淒厲的神氣漩渦，左右大幅扭擺衝向了晴明，猛然停下腳步，濺起了雨沫。

「玄武！」

玄武猜出青龍要說什麼，攤開雙手大叫：「波流壁！」

水漩渦一包住玄武自己和白虎、晴明，青龍的神氣就爆開了。

神放射出來的神氣，被青龍的通天之力徹底粉碎了。強勁的力量相互衝撞，使神氣瞬間變得具體，像水晶的碎片般閃閃發亮地飛散。

晴明看得入迷。只有絕對潔淨的神之氣息才會產生這樣的現象，與妖魔對決時，絕對看不到。

青龍小心觀察四周。沒有攻擊的徵兆。他擺好架式，隨時準備迎擊。

「宵藍。」

晴明語帶告誡，青龍還是不讓步。即使對方是地位最高的天津神，對青龍來說，最重要的還是保護主人安倍晴明。

雷聲響起。風向變了，風中隱含著冰冷刺骨的強烈神氣。

晴明緩緩轉過頭。

在高大的樹木中，仍然突出許多的巨大樟樹，聳立在黑暗中。

樟樹是充滿靈氣的神妙樹木。在巨木林立的禁域森林，沒看到楊桐枝。

那麼，樟樹應該就是請日靈子降臨的依附體吧？

晴明做了個深呼吸。明明離得很遠，卻從剛才就有種強烈的壓迫感。周遭附近都充斥著勇猛強勁的神威，濃到連呼吸都有點困難。

恐怕連沒有靈視能力的普通人都會察覺異狀，可能是身體出問題或是引發頭痛，有人可能會覺得特別冷，狀況因人而異。

大日靈子貴尊是伊奘諾尊與伊奘冉尊生下的第一個神。根源之神藉由伊奘冉的肚子降臨人世。但是祂的光芒太過強烈，恐怕會對還未定形的國家產生威脅，所以被藏在看不見的地方。

然後，等待神格可以與日靈子配成對的神誕生。

日靈子成為日靈女的影子，自從被供奉在伊勢以來，便守護著伊勢，經過了漫長的歲月。

也難怪日靈子會生氣，因為伊勢這片土地與天照大御神的和魂「大日靈女貴尊」都被污染了。若以武力壓抑祂的憤怒，所有反彈的力量都會落在晴明身上。

晴明停在離綻放神氣的樟樹一丈遠的地方，跪了下來，把兩邊袖子往後甩，端端正正地跪坐著。

站在他背後的神將們察覺到敵意，擺出了備戰姿態。不知不覺中，白色野獸已經以半圓形包圍了他們。看起來像狼，又像是狗，也像是鹿或山豬。牠們是神的眷族，只是仿造人界的動物模樣出現，不屬於任何一種動物。

晴明深吸一口氣，拍擊雙掌。因為下雨，聲音不夠響亮，又拍了一次。

這次比前一次響亮。憤怒的波動有稍微減緩，但很快就捲土重來包圍住晴明，阻絕了他的呼吸。

呼吸是一切的根本。焦躁會攪亂呼吸。憑人類的力量，不可能讓神屈服，但是可以讓神平靜下來。

晴明雙手在胸前合十，閉上了眼睛。只要阻斷視覺，不看不該看的事物，多少可以避免心思混亂。即使全神貫注，他也絲毫不擔心自身的安危，因為有神將守護著他。

「一二三四五六七八九十。」

遍佈現場的神氣，像翻滾的波浪般顫動起來。

◆ ◆ ◆

被龍捲風吹走般在烏雲下飛翔的六合與風音，邊擋開不時閃過的雷擊利劍，邊盯著地面看。

六合用靈布把落在眼前的閃電彈開，碎裂的閃電發出轟然巨響，四處飛散，擦過風音的肩頭。

風音堅強地笑笑，制止緊張的六合開口說話。

「這點小傷沒什麼。」風音俯瞰蒼鬱的森林，指著下面說：「對了，天岩戶應該在這附近，我們下去吧！」

他們配合呼吸，從龍捲風跳下來。失去風的漩渦支撐，兩人頭朝下失速墜落，在空中連續翻滾了好幾次，重整姿態後，穿越林木縫隙，落在濕答答的地面上。

風音沒辦法徹底緩衝墜落時的衝力，雙手、雙腳著地。

六合矯捷降落後，擔心地轉頭看風音。落地時有些搖晃的風音舉起一隻手，告訴他沒事。

兩人正要往前衝時，有什麼觸動了他們的直覺。他們停下來，全神戒備。沒多久，兩個熟悉的身影從樹木之後走出來。

「阿曇……」

風音喃喃叫著阿曇的名字，六合訝異地看著益荒。

來自海津島的神使們跟六合他們一樣淋成了落湯雞，由此可見他們是長時間在雨中行進。

「你們怎麼會在這裡？」

六合低聲問，益荒回答說：「我們是奉玉依公主的命令，無論如何都要把躲在天岩戶裡的巫女神帶回這世間。」

「巫女神……天照大御神的和魂？」

風音向他們確認，阿曇點點頭，反問她：「你們來這裡又是為了什麼？」

風音大約說明事情經過，告訴他們正要去天岩戶。

益荒和阿曇面面相覷。

「巫女神也是躲在天岩戶。」

「原來我們的目的地相同？」

四個人默默往前走。

他們的目標，分別是躲在天岩戶的巫女神——大日靈女貴尊，以及因為大日靈子貴尊的神詔而被帶來天岩戶的內親王脩子。

脩子是皇上的直系後代，也就是天照大御神的靈魂分身，曾經傳達過神意。

風音莫名地感到焦躁，心跳得特別快，怎麼樣都壓不下來。

「公主……」

妳一定要平安無事。

一在黑暗中看到鳥居，所有人馬上鑽過了鳥居，衝上斜坡。

從因下雨變成小河般的斜坡走到盡頭時，看到幾名神職人員動也不動地坐在地上。

緊繃的氣氛讓四個人呆呆杵在原地。

那是一種異樣的光景。凍得像白紙般的臉，都注視著某一點。

他們的視線是落在大岩石上。綁在大岩石上的注連繩嵌入岩石，將岩壁與岩石毫無縫隙地緊密結合，看起來就像是用來堵住什麼。

風音愣住了。到處都找不到脩子，這些人為什麼都坐在那裡不動呢？

還有，在這個被稱為「天岩戶」的地方應該有個洞穴，而且裡面還應該有蘊含森林清淨空氣的泉水湧出來，形成小河往外流，現在卻什麼都看不到。

總不會是……？不寒而慄的風音，聽到益荒驚人的低語。

「洞穴被封住，又重演了神治時代的事。」

很久以前，天照大御神躲進了天岩戶裡。地上被黑暗覆蓋，充斥著種種的邪惡污穢。

現在洞穴被封住，那裡面已經不再是人界。若在裡面迷路，找不到原來的路，脩子就再也不能回到現世。

荒魂需要血。所以日靈子是為了替日靈女祓除污穢，挽回被削弱的力量，才把天照大御神的靈魂分身脩子叫來兩界之間的狹縫。

風音衝到岩石前，把手伸向注連繩，身體瞬間被彈飛了出去。

六合抱起跌落在地上的風音。

「是神威封住了洞穴？」

跟太古時代一樣，神的力量完全封住了洞穴，沒有人打得開。
只有天照大御神能打開。
「巫女神不回來，日靈子絕對不會平靜下來。不久後，覬覦這股力量的妖魔就會湧向伊勢啊！」
益荒的吶喊被雨掩蓋了，阿曇揪住坐在地上的神職人員前襟說：
「你們在幹什麼？為什麼把內親王推進洞穴裡？」
「那是神詔……我們只是服從神威……」
益荒和阿曇的目光愈來愈淒厲，射穿了神職人員。
那個神職人員卻毫不退卻地說：
「我們是侍奉神的子民，服從神威是我們的使命，再說公主是自己走進了洞裡啊！」
益荒還來不及罵他們，風音就先發飆了。「胡說八道！」
被斥喝的男人畏縮起來。
「既然你們是侍奉神的人，在把年幼的公主交出去之前，應該先獻出自己的生命來平息神的憤怒吧？」
風音是天津神的女兒，神職人員全都被她的氣勢壓倒，嚇得全身發抖。
這就是神威的具體表現。男人們大受衝擊，連氣都喘不過來。

風音拋下臉色發白嘰嘰喳喳的神職人員們，轉身面向洞穴。如果是被荒魂的神威封住，那麼，不惜動用武力也要把岩石擊碎。

從她身上迸出酷烈的靈力，雨滴的軌跡被那股波動大大扭曲，洶湧奔騰，濺起飛沫。正要對準岩石把靈力打出去時，六合抓住了她的手臂。

「風音。」

「不要阻止我，彩輝！」她發出慘叫般的聲音說：「我發過誓會保護公主！我……」

六合把激動的風音拉進懷裡。

「嗚……！」

風音的喉嚨顫抖著，連呼吸都很困難，只有用顫抖的手抓住靈布。

六合擁抱著她，看著益荒說：「有辦法嗎？」

「有。」海津島神使馬上回答，斜睨著磯部的神職人員說：「我們的職務也是侍奉神，我們可以請我們的神降臨，打開洞穴。」

淋著雨的阿曇知道益荒在說什麼，露出敏銳的笑容。

六合似乎從他們的模樣看出了什麼，微瞇起眼睛。風音表情沉痛地揚起視線，看著六合。

「原來如此，這是神治時代的重現？」

聽到六合的話，風音驚訝地眨著眼睛。阿曇對她說：

「不用平息日靈子的憤怒，只要巫女神有回應，就能解除洞穴的封鎖。」

風音倒抽了一口氣。六合放開她，跟益荒一起走向岩石。

神職人員就像被雷擊中般，一起伏地叩拜。

風音猜到他們要做什麼，不由得出聲說：「該怎麼做……」

「我們的主人會給我們力量。」

阿曇仰頭朝天。像在呼應她似的，一道閃電撕裂天空，低沉的雷聲轟隆作響，在天空繚繞迴響，久久不散。

阿曇配合雷聲，把雙手伸向天空，輕輕抬起右腳，再放下。

同時，神職人員也一起擊掌拍手，砰的銳利聲響穿越了雨的縫隙。

阿曇吸口氣仰望天空，閃電直直打在她身上。

「阿曇！」

海津島的神使對大叫的風音微微一笑，就被雷電貫穿了。

瞬間，周遭響起鈴鐺般的聲音。

雨聲全消失了，雷聲也消失了，像敲打琉璃般的清脆聲音層層縈繞，交織成奇特的樂曲。那是「根源之神」天御中主神彈奏出來的神威之樂。

阿曇的表情，搭配著旋律，邊彈開雨滴，邊莊嚴地跳起舞來。

在神治時代，為了把躲在天岩戶的天照大御神引出來，天鈿女命㉔在八百萬神明前翩翩起舞。眾神們歡聲雷動，好奇的天照大御神就把洞穴打開一條縫，問祂們發生了什麼事。

益荒把手放在岩石上，計算著時間。

降臨在阿曇身上的天鈿女命，猛然張開了緊閉的眼睛。

——趁現在！

六合全力剝開注連繩，益荒使出渾身力量撬開洞穴，被堵住的水瞬間形成濁流溢出。

從洞穴吹出冷風。那不是人界的空氣，與人生活的世界不同的風，從洞裡飄了出來。

六合跟益荒都使盡了全力，但神的力量太過強大，又出現了再度封鎖洞穴的波動，結合兩人的力量也只能勉強抵擋。

六合轉頭對風音大叫：「快去！」

風音目瞪口呆。益荒接著對她說：「去滌除巫女神的污穢，把內親王帶回來！」

洞穴裡面是兩界之間的狹縫。六合與益荒要擋住岩石，阿曇是根源之神的神威與天鈿女命的依附體，只剩風音可以進入。

風音點點頭，六合從肩膀扯下自己的靈布交給她。

風音披上靈布，衝進了洞穴。

7

好暗。

在沒有一絲光線的黑暗中，脩子埋頭前進。

這個洞穴通到哪裡呢？該走到哪裡停下來呢？

眼睛逐漸適應了黑暗，卻怎麼走都走不到終點。

「這樣往前走就行了嗎？」

脩子把逐漸高漲的不安壓在心底，直直往前走。

母親、母親、母親。

每前進一步，她就在心中叫喚一聲。再怕也要去。她必須遵從神詔，完成任務。

岩壁不知道什麼時候不見了，來到了什麼都沒有的地方。

她想靠摸索前進，手指卻什麼都摸不到，她心急地四處張望。

該往哪裡去呢？神是要自己往哪裡去呢？接下來自己究竟該做什麼呢？

什麼都不知道；因為不知道，所以害怕。脩子呆呆站在原地。

母親、母親、母親。

她像唸咒語般，在心中不斷叫喚母親，緊握雙拳，把嘴巴抿成一條線，鼓起所有的勇氣。

在黑暗中邁出一步後，她豎起耳朵傾聽有沒有神的聲音，慢慢往前走。

該往哪裡去呢？她不知道，所以往她認為是前方的方向繼續前進。

她邊伸手確認前方沒有障礙物，邊靠腳尖摸索，在黑暗中直直往前走。

不知道這樣走了多久，脩子忽然停住了。

有人，但看不見。周遭依然黑暗，她卻不知道為什麼覺得有人在那裡。

她定睛凝視，拚命想看清楚黑漆漆的前方。忽然，她瞪大了眼睛。

有人躺在那裡。發現那是誰時，她跌跌撞撞地衝了出去。

「母親！」

應該遠在京城的定子，虛弱地躺在地上。

脩子在她身旁跪下來，拚命叫喚：「母親、母親！」

定子動也不動，軟綿綿地躺著，沒有任何反應，臉色蒼白，氣若游絲。

脩子快哭出來了。

怎麼辦？她不知道該怎麼做。想向人求救，附近也沒有人。

「風音……」

她低下頭，肩膀顫動起來，誰來救救我母親、救救我母親啊！

這麼祈求的脩子，聽到了嚴肅威猛的聲音：「要我救她嗎？」

脩子張開眼睛，緩緩抬起頭看看四周，卻看不到人。

全身戰慄的她，又聽到那個聲音：「要我救她嗎？」

脩子很猶豫，不知道該不該回應。可是，母親看起來就快斷氣了，不能再猶豫了。

「請救救她……」脩子用微弱的聲音說。

話才說完，強烈的波動就包住了脩子。

某種看不見的東西逼近了驚恐僵硬的脩子。

「唔……」

定子不見了，變成了陌生的女性攤開雙手躺在那裡。那張蒼白的臉她從來沒見過，卻有種親切感。

母親到哪裡去了？

一股無形的壓迫感襲向驚慌的脩子。某種東西發出咆哮聲，對準呼吸困難、向後仰的脩子胸口，重重的一擊，衝撞力從胸口貫穿背部。

「唔……！」

短短一聲慘叫後，小小的身體仰倒著被拋飛出去。

在意識逐漸模糊中，她看到母親伸出雙手，悲痛地叫喚著她的名字。

脩子使出僅剩的力量，拚命把手伸出去——母親……！

剎那間——

「回來！」

有人在她耳邊大叫，抱起了她，纏繞在她身上的壓迫感砰然四散了。

看不到臉的某人抱著脩子，擊掌拍手。

「天照大神、遠祖之神，請賜予恩澤。」

唸完十言神咒與五大神咒後，再擊掌拍手。

脩子忽然覺得很像被父親抱著，因為只有父親的雙臂會這樣把自己完全擁入懷裡。

「天照大神、遠祖之神，請賜予恩澤。」

這個人又唸起了神咒。就這樣，用低沉、有穿透力的聲音，一次又一次重複唸著。

聲音聽起來很奇特，而且不難聽，很像晴明常唸的咒語。

每唸一次神咒，硬是要奪走脩子的氣息就減少一些威力，逐漸淡去。

同時，躺在地上的女性身體也開始散發出微弱的光芒。

像鈴鐺般不可思議的聲音，在周遭孀孀縈繞。

「天照大神、遠祖之神，請賜予恩澤。」

鈴鐺聲像是在呼應神咒的唸誦，微弱的光芒也逐漸增強。
刺骨的壓迫感完全消失了，全身綻放光芒的女人緩緩張開眼睛。
她全身透明，在鈴鐺聲強烈迴盪時，突然消失不見了。
周遭只剩下螢火蟲般的磷光。
擊掌拍手收尾後，抱著脩子的男人才鬆了一口氣。
全身僵硬的脩子戰戰兢兢地望向男人的臉，她從來沒見過這個人。
男人也看著脩子，笑得和藹可親。

風音闖入洞穴裡，衝破黑暗全力疾馳。
與其搜尋脩子的氣息，還不如追逐憤怒的神氣。
愈穿越黑暗往裡面走，空氣的變化就愈明顯，很快變成她最熟悉的人界與異界之間的空氣。不過，這裡是接近眾神居住的天國，而不是靠近被她父親阻斷的黃泉，天國與黃泉是南轅北轍的地方。
活人不能來這裡。人絕對不能活著進來，脩子卻被叫來了這裡。再不趕快找到她，將造成無法挽回的遺憾。
「公主！」風音悲痛地叫喚。荒魂的神氣打在她的肌膚上，她以靈氣彈開，低聲吶喊：「我不會把公主交給祢！」

即使對方是神，她也會保護脩子到底，從聽到脩子的求助後，她就下定了這樣的決心。脩子曾經被她當成棋子而被迫做出殘忍的事，飽受驚嚇。

或許就算這麼做也不足以彌補她的罪過，就像她對騰蛇做過的事一樣不可能被原諒。

然而，風音還是由衷希望，能為年幼的內親王盡一己之力。

風忽然變了。就在風音張大眼睛時，日靈子的神氣勃然而動，沒多久就漸漸平靜下來，升起了磷光。

原本一片漆黑的視野出現光芒，向四方擴散，那是大日靈女貴尊的神威。

被污染而差點消失的太陽神的神氣又復活了。

風音啞然失言，呆呆佇立。

只有皇家直系的祭品才能平息日靈子的憤怒。祭品的靈魂分身，是彌補日靈女的力量、清除污穢的關鍵。

「難道是……」臉色發白的風音直冒冷汗，背脊掠過寒顫。

像腳底生了根似的，她一步也動不了，肩膀微微顫抖，呼吸困難。

她掩住嘴巴，繃緊全身力量猛吸一口氣，扯開嗓門大叫：「公主！」

這時候，響起了鈴鐺聲。

自天而降般的聲音，跟剛才在洞穴前聽到的聲音同樣清澄、祥和而悠揚。

往四周擴散的光芒逐漸淡去，四處飄起螢火般的磷光。

除了鈴鐺聲之外，其他聲音全都消失了，螢火輕快地飛舞著。

其中夾雜著微弱的腳步聲。

風音移動視線。

原本以為是脩子，但逐漸靠近的腳步聲不像是小孩子。那麼，是誰呢？

在搖曳的螢火中，她看到脩子被什麼人抱著的身影。

「公……！」

她不由得叫出聲來，但看到隨後浮現的面孔時，叫聲就中斷了。

那個男人看到愕然瞪大眼睛的風音，眼皮微微抖動，垂下了視線，然後輕輕放下脩子，摸著她的頭，指向風音。

脩子轉頭看到風音，馬上露出快哭的表情跑過來。「風音！」

風音沒有抱起緊緊抓住她的脩子，而是呆呆佇立著，嘴唇哆嗦顫抖，勉強從喉嚨擠出聲音喃喃叫喚著：「宗……主……大人！」

男人低下頭，向她行禮致意。照出他身影的其中一盞螢火咻地熄滅了，黑暗又無聲地淹沒了那個地方。

脩子抓著風音的手，在螢火中疑惑地歪著頭說：「風音，妳認識他嗎？」
風音好像在掩飾什麼，動作僵硬地低下頭來看著脩子。
脩子笑著說：「他救了我，而且怕我會有危險，還陪我走到這裡。」
可是問他的名字，他都隨口帶過去，沒有回答。
「妳認識他嗎？他是誰？」
他是……
風音表情痛苦地甩甩頭。現在隨便說一句話，她的情緒都可能會崩潰。
啊，這裡是神居住的地方，是與天國相鄰的邊界狹縫，也是與夢殿相連接的地方。
風音跪下來，摟住脩子的肩膀，大半天才擠出一句話來。
「我們回去吧！公主。」
脩子有些疑惑，又覺得不可以再追問，就乖乖地點了點頭，然後又像忽然想起什麼似的，把手伸進了衣服裡。
「妳看這個……」脩子愁眉苦臉地從衣服裡拿出從中間斷成兩半的梳子。「這是藤花的梳子，被我弄壞了，一定是剛才有東西撞到我時撞斷了。」
她的胸口受過重重一擊，好像是因為那股撞擊力，衣服裡面響起了啪嘰聲。
她原本以為是胸口被擊碎了，伸手一摸，才知道是梳子斷了。胸口只有一點痛，沒什麼大礙。

「怎麼辦，她說是人家送給她的呢！」

脩子把臉皺成一團，快哭出來了。風音抱起她說：

「回去後，老實告訴她，誠心誠意地向她道歉吧！」

「這樣藤花就會原諒我嗎？」

「我不知道，但是公主一定要先這麼做。」

「嗯。」

脩子乖乖地點頭回應，緊緊抓住風音，把手繞到她的脖子上，終於鬆了一口氣。風音拍拍她的背，卸下了心中的大石頭。

◇　◇　◇

齋端坐在海見津宮的祭殿大廳裡，閉目冥想。

篝火裡的木柴發出嗶嗶剝剝的聲響。

她動動肩膀，緩緩張開眼睛。「……」嘆口氣後，她猛地站起來。

向三柱鳥居行個禮，要退出祭殿大廳時，看到兩個身影從石階走下來。

益荒和阿曇跪在走出結界便停下腳步的齋面前，低下頭說：「我們回來了。」

「嗯，辛苦了。」齋深深嘆口氣說：「巫女神也終於回來了，主人交代要好好犒賞你們。」

兩人誠惶誠恐地搶著說：「沒什麼。」

「那不過是小事。」

「是嗎？」齋歪起脖子，眨了眨眼睛。「聽說阿曇讓天鈿女命附身，累得筋疲力盡，是被益荒抱回來的？」

益荒是在走下石階中途，把她放下來的。

阿曇啞然失言。「這……」

益荒面不改色地說：「是主人告訴妳的？」

「嗯，巫女神來道過歉，說有勞你們了。」

阿曇忍不住雙手扶地，因為覺得頭暈。她勉強撐住身體說：「謝謝關心……」

「內親王怎麼樣了？」齋問。

益荒回答說：「看起來有些疲憊，已經平安回到伊勢了。」

「是嗎？」齋點點頭，沉靜地笑著。

✖
✖
✖

第二天早上，晴明來內院探訪。

齋王的病情看起來沒多大改變，但周邊的空氣明顯不一樣了。

長久以來都飄盪著沉鬱的氛圍，原本以為那是大家擔心恭子公主的病情而衍生出來的，但現在看起來並不只是那樣。

唸完治病咒語後，晴明退出齋王房間，深深嘆了一口氣：「神的憤怒啊……」

今天是微陰的天氣，陽光在雲端微弱地閃爍著。

晴明舉行鎮魂儀式，暫時鎮住了大日靈子貴尊。但對方畢竟是天照大御神的荒魂，還不能掉以輕心。

現在又正逢冬季，白天愈來愈短，世界充斥著陰氣。這些全都會明顯反應在齋王身上，所以在冬至之前絕對不能大意。

昨晚的事都聽六合說了。晴明他們鎮住日靈子，回到中院時，已經接近黎明，太陰與六合都守在晴明的軀體旁。

聽完一連串的報告，晴明很驚訝自己不在時發生了這麼多事，也捏了一把冷汗，心想若不是海津見宮的神使們出手相助，真不知道結果會怎麼樣，改天一定要好好謝謝他們。

還聽說不曾闔眼、守候著大家歸來的彰子與小妖們，看到脩子平安無事，都掉下淚來了。脩子一回來就上床睡覺了，彰子看著她睡著才去休息。

晴明前往脩子的寢室，看到風音端坐在木門前。「喲，雲居。」

風音抬起頭，看起來分外憔悴，晴明驚訝地問：「怎麼了？風音……」

晴明不小心喊出了真名，風音猶豫了好一會才說：「我在洞穴裡見到了一個人。」

「一個人？」

風音垂下眼睛，避開了晴明的視線。「我還以為……再也不會見到他了……可是，他並不是我認識的那個人……」風音在膝上握緊雙手，說：「對不起，我的心有點亂。」

晴明沉著地俯瞰著風音。

她在洞穴裡遇到的是誰，晴明已經聽六合說了，也知道她從洞裡出來時，臉色有多麼難看。聽說這件事時，晴明露出百感交集的表情，喃喃說著：那個蠢蛋在幹什麼……

「妳有沒有好好休息？」

風音搖搖頭，她想睡也睡不著。

「那今天就請公主恩准，讓妳稍微休息一下吧！妳可以把那小子也帶走，沒關係。」

那小子指的是沉默寡言的鬥將。

風音低著頭說：「晴明大人，你真是個大好人。」

「咦，妳不知道嗎？」

「我知道。」風音苦笑起來，深深低下頭說：「對不起……借用一下。」

陽光從雲間灑落下來。

彰子坐在廂房裡，轉頭往後看，微微一笑。

躺在床上的脩子發出規律的鼾聲。小妖們以種種姿態，七橫八豎地躺在她周圍。小妖們是夜行性的，白天是它們的睡覺時間。昨天它們在海邊玩，又通宵安慰彰子，個個都累壞了。

脩子早上醒來過一次，召喚了彰子。她把小小的肩膀縮得更小，小心翼翼地拿出放在紙上的梳子，梳子從中間斷成了兩截。彰子啞然失言。脩子一再道歉，還補充說明了斷裂原因，最後緊緊閉上眼睛，垂下了頭。

起初她不知道該說什麼，後來看到年幼的脩子拚命道歉，很不忍心，所以她告訴脩子，梳子是傳說中的驅魔物、依附體。

——我在什麼書上讀過，頭髮的發音跟神一樣，所以梳頭髮的梳子也是神具。

她想起說這句話的人的聲音，思念地眯起了眼睛。

請不要放在心上，這把梳子是依附體，一定是替公主承受了災難。

彰子收下梳子，默默想著這件事。

她一直在祈禱脩子平安無事，可以毫髮無傷地回來，而梳子是神具，也是昌浩誠心誠意送給她的禮物，一定是這把梳子實現了她的願望，以損毀的方式來替代脩子承受災難。她心想一定是這樣。她把斷成兩截的梳子用紙包起來收在懷裡。即使不能用來梳頭髮了，這把梳子還是她心愛的東西。

風從拉開的上板窗吹進來，是許久不曾有過的和風。

走到外廊仰頭一望，已經變成白雲處處飄浮的藍天了。

在西邊高空下的遙遠地方，有很多彰子惦記的人。

雖然離得很遠，心卻很近，感覺有扎實的情感維繫著彼此。

好像聽到啪沙啪沙拍振翅膀的聲音，彰子仔細凝視。

藍天中出現了一個小黑點，逐漸擴大，那東西用力揮動翅膀，直直往這裡飛來了。

彰子深吸一口氣。

想寫的事很多，想傳達的事也很多，卻很難用文字表達，每次信都沒寫完就送出去了。但是，縱然沒寫成文字，心意也一定傳達到了。

「喲，還出來迎接我啊！麻煩妳了。」

彰子對飛下來的烏鴉露出燦爛的笑容說：「歡迎你回來，嵬。」

⑫請見《少年陰陽師》玉依篇，從第二十二集《無懼之心》到二十六集《彼方之敵》，講的就是玉依公主的故事。

⑬這件事發生在《少年陰陽師》天狐篇一開始，請看第九集《真紅之空》。

⑭傳說中，神有和魂、荒魂、幸魂與奇魂等四個面相，會隨著需要而改變形體。

⑮結城光流老師的《少年陰陽師》故事都有脈絡可尋哦！從珂神篇（第十五集《蒼古之魂》開始）一直讀到接續的玉依篇，一切就真相大白了。

⑯命婦即中等階級以上的宮女。

⑰天津金木術是日本最古老的占卜術。很久以前天照大神躲進岩戶時，眾神曾占卜世界今後的發展狀況，當時的占卜方式就是天津金木術的起源。

⑱神嘗祭是在伊勢神宮舉辦的一種祭祀儀式，把當年收成的新稻穀獻給伊勢的天照大神。

⑲古代用子、丑、寅、卯、辰、巳、午、未、申、酉、戌、亥來計算時間，巳時指上午九點到十一點。
⑳日本很多地方都可以看到像夫婦般依偎在一起的岩石，所以稱為夫婦岩。
㉑注連繩是日本新年時掛在門前的草繩編織物，用來避邪；或是掛在祭神的神聖場所，以跟其他地方做區分。
㉒一宮是指日本各地方等級最高的神社。
㉓《古事記》與《日本書紀》並稱「記紀」。《古事記》是日本最古老的歷史書，《日本書紀》則是最早由天皇下令撰寫的正史。
㉔天鈿女命是《記紀》中記載的女神，祂在天岩戸前跳舞，引出了天照大神。

後記

《少年陰陽師》值得紀念的第三十一集是短篇集。

大家近來可好？我是結城光流。

先來公佈例行的人氣排行榜。第一名：十二神將的火將騰蛇。第二名：小怪。第三名：「少年陰陽師」安倍昌浩。以下依序是勾陣、飄舞、六合、風音、太裳、嵬、冥官、朱雀、青龍、颯峰、成親、小妖們、太陰、天空、玄武、疾風、結城。

哎呀！主角終於從第一名摔下來了。從計算票數開始，紅蓮就拔得頭籌一路遙遙領先。原本維持第二名的昌浩，中間被小怪追上，直到最後都跟勾陣的票數非常接近，勉勉強強擠進了前三名，驚險萬分。不過，最引人注目的是飄舞。在故事的最後可以替他洗清污名，實在太好了。

二〇一〇年夏天是出書高峰。除了這本書之外，在七月下旬也推出了雜誌《The Beans》十五，以及單行本《大陰陽師 安倍晴明：我將顛覆天命》。九月一日還有《少年陰陽師》的新書，以及大家期盼已久的《あさぎ櫻畫集 少年陰陽師》，畫集裡會有ASAGI老師的全新畫作，以及我的全新短篇小說，敬請期待。

接下來，十月一日還有全新作品問世。或許有人看到「Monster Clan」這個書名，就會想到什麼吧？希望有。《The Beans》十五預定會同時刊登〈少年陰陽師〉與〈Monster Clan〉。可能是因為這樣，工作進度排得好緊湊。冷靜想想，以這樣的進度來看，幾乎是四個月連續出書呢！啊，對了，還有「翼」文庫版《少年陰陽師》第三集，預定在八月出版，這邊也請大家多多關照。

老實說，這本《神威之舞》差點就被打入了冷宮，很高興可以出版。

與H部女士討論時，出現過下面的對話，是很好的回憶。

「話說在日本神話中出現的神，本來就～（以下說得滔滔不絕）～所以寫得太多，會變成神道之類的書而不是陰陽師，也會把讀者們搞混。」

「對不起，結城，我現在就覺得很混亂了。」

「咦？」

這也是最後一次跟這位H部女士一起製作文庫本了。春天是邂逅與分別的季節。我一直麻煩她到最後，真的很謝謝她對我的關照。

各位讀者，請寫信來告訴我感想，也期待你們的人氣排行榜投票。

怒濤般的夏天才剛開始，讓我們在下一本書再見吧！

結城光流

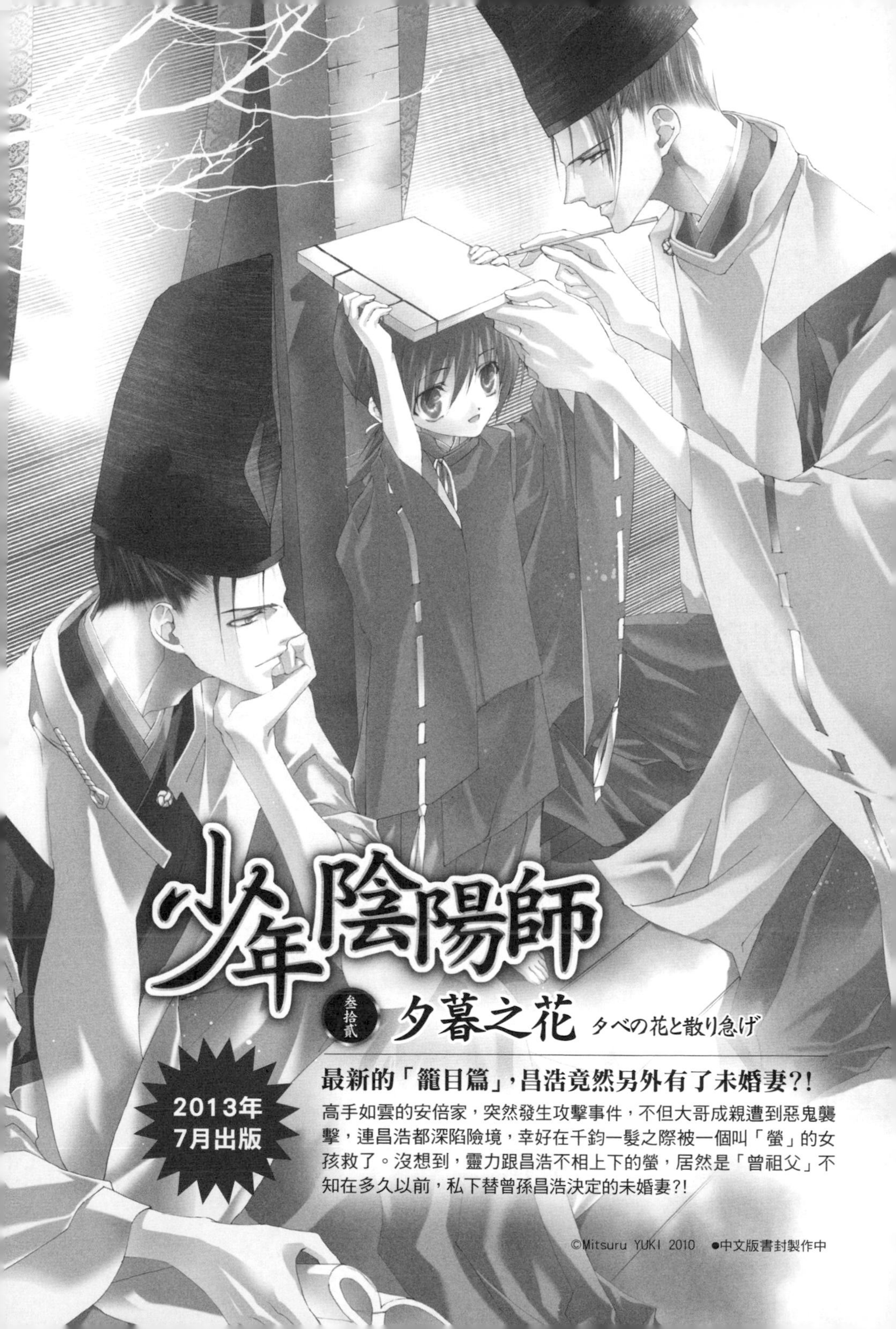
少年陰陽師
叁拾貳
夕暮之花　夕べの花と散り急げ
2013年
7月出版
最新的「籠目篇」，昌浩竟然另外有了未婚妻?!
高手如雲的安倍家，突然發生攻擊事件，不但大哥成親遭到惡鬼襲擊，連昌浩都深陷險境，幸好在千鈞一髮之際被一個叫「螢」的女孩救了。沒想到，靈力跟昌浩不相上下的螢，居然是「曾祖父」不知在多久以前，私下替曾孫昌浩決定的未婚妻?!
©Mitsuru YUKI 2010　●中文版書封製作中

國家圖書館出版品預行編目資料

少年陰陽師.叁拾壹.神威之舞 / 結城光流著；涂愫芸譯. -- 初版. -- 臺北市：皇冠, 2013. 5[民102].
面; 公分. --(皇冠叢書; 第4300種)(少年陰陽師; 31)
譯自：少年陰陽師31 御厳の調べに舞い踊れ
ISBN 978-957-33-2982-4(平裝)

861.57　　102006461

皇冠叢書第4300種
少年陰陽師 31

少年陰陽師——
神威之舞

少年陰陽師31
御厳の調べに舞い踊れ

作　　者—結城光流
譯　　者—涂愫芸
發 行 人—平雲
出版發行—皇冠文化出版有限公司
台北市敦化北路120巷50號
電話◎02-27168888
郵撥帳號◎15261516號
皇冠出版社(香港)有限公司
香港上環文咸東街50號寶恒商業中心
23樓2301-3室
電話◎2529-1778　傳真◎2527-0904
責任主編—盧春旭
責任編輯—丁慧瑋
美術設計—王瓊瑤
著作完成日期—2010年
初版一刷日期—2013年5月

法律顧問—王惠光律師

如有破損或裝訂錯誤，請寄回本社更換
讀者服務傳真專線◎02-27150507
電腦編號◎501031
ISBN◎978-957-33-2982-4
Printed in Taiwan
本書特價◎新台幣199元/港幣67元